AF462403

COLLECTION MÉRIDIONALE

TOME TROISIÈME

Tiré à cent exemplaires.

BORDEAUX, IMPRIMERIE G. GOUNOUILHOU,
rue Guiraude, 11.

RELATION INÉDITE

DE LA

DÉFENSE DE DUNKERQUE

(1651-1652)

PAR LE

MARÉCHAL D'ESTRADES

SUIVIE DE

QUELQUES-UNES DE SES LETTRES ÉGALEMENT INÉDITES

(1653-1655)

PUBLIÉES

AVEC UNE INTRODUCTION ET DES NOTES

PAR

PHILIPPE TAMIZEY DE LARROQUE

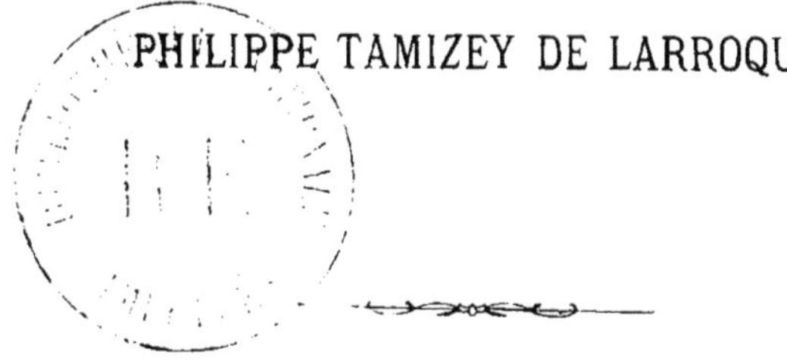

PARIS
A. CLAUDIN, LIBRAIRE
RUE GUÉNÉGAUD, 3 ET 5

BORDEAUX
G. GOUNOUILHOU, ÉDITEUR
RUE GUIRAUDE, 11

1872

INTRODUCTION

Prosper Marchand, au début de sa notice sur le comte Godefroi d'Estrades (¹), s'exprime ainsi : « Homme illustre du XVIIᵉ siècle, aussi capable d'une négociation d'État que d'une expédition militaire, et un des plus habiles politiques dont se soit servi la Cour de France pendant le règne de Louis XIV, a été si négligé par les historiens du tems, qu'on n'a touchant lui que deux articles assez maigres, fort confus et embrouillez, et souvent destituez de dates ; l'un du père Anselme, Augustin (²), et l'autre de Morery (³) ; et c'est à quoy je tâcheray de remédier par les additions dont on verra les citations en marge. » A mon tour, je vais tâcher de compléter le travail de Marchand, soit à l'aide des notices qui ont paru après la sienne (⁴), soit surtout à l'aide de divers

(¹) *Dictionnaire historique ou Mémoires critiques et littéraires*, etc. (La Haye, 1758, in-f°, t. I, p. 235-244.)

(²) *Histoire généalogique et chronologique*, etc. (Paris, 1726-1733, in-f°, t. VII, p. 599-601.)

(³) *Le grand Dictionnaire historique*, etc. P. Marchand cite l'édition de 1740

(⁴) Par exemple, celle de Pinard (*Chronologie historique militaire*, Paris, 1760-1778, in-4°, t. III) et celle de M. Labat (*Recueil des travaux de la Société d'Agriculture, Sciences et Arts d'Agen*, t. IX, Iʳᵉ partie, 1858, p. 71-96). Quant aux articles de la *Biographie universelle* (par M. de Lacombe) et de la *Nouvelle Biographie générale* (par un anonyme), ils ne méritent aucune attention.

documents (quelques-uns très importants), qui n'ont pu être connus du dernier éditeur des *Lettres, mémoires et négociations de Monsieur le comte d'Estrades* (1).

Ce biographe reproche, tout d'abord, à ses devanciers de n'avoir indiqué ni le lieu, ni la date précise de la naissance de son héros. Lui-même n'a point comblé ces deux lacunes. Godefroi d'Estrades naquit dans la ville d'Agen (2), ou tout près de cette ville (3), en l'année 1607 (4). Son père était François d'Estrades, seigneur de Bonel, de Colombes, de Campagnac et de Ségognac, que Saint-Simon proclame « brave et sage » (5), qui servit Henri IV contre la Ligue, fut fait par ce prince gentilhomme de sa Chambre, par Louis XIII gouverneur du comte de Moret (1620), puis des ducs de Mercœur et de Beaufort, enfin des ducs de Nemours, de Guise et d'Au-

(1) Londres, 1743, 10 vol. in-12. Je citerai toujours cette édition qui, malgré ses défauts, est infiniment supérieure à celles de 1709 et de 1719. Croirait-on que la Bibliothèque nationale ne possède que la plus mauvaise de ces trois éditions, la première?

(2) La famille d'Estrades possédait alors deux maisons dans la ville d'Agen : l'une située rue des Juifs, l'autre rue Garonne (Ad. Magen, *Une émeute à Agen en 1635*, au *Recueil des travaux de la Société d'Agriculture, Sciences et Arts*, etc., t. VII, 1854, p. 219, note 1).

(3) Tous les récents biographes du maréchal d'Estrades le faisaient naître à Agen même. M. Jules Serret, dans un article de l'*Abeille agenaise* du 4 janvier 1863, prétend, sans justifier son assertion, que le maréchal vit le jour « au petit château de Bonnel, paroisse d'Agen ».

(4) P. Marchand regrette que ce ne soit « que par induction de l'âge auquel il se trouvait lors de sa mort, qu'on sait qu'il naquit en 1607 ». Le P. Anselme et Moréri, de même que Pinard, se contentent de déclarer que le comte d'Estrades mourut âgé de 79 ans, en 1686. Seul, M. J. Serret affirme, toujours sans indication d'autorités, que ce personnage vint au monde le *30 mars* 1607. D'Argenton, dont le travail (manuscrit) sur l'Agenais est, à cet égard, cité par M. de Saint-Amans (*Histoire du département de Lot-et-Garonne*, t. II, p. 70), fait naître Godefroi *vers* 1605.

(5) Édition Hachette, 1857, in-12, t. V, p. 386.

male, et que ce même roi nomma (13 février 1631) capitaine et gouverneur de la ville et duché de Vendôme ([1]). François avait épousé en 1604 ([2]) Susanne de Secondat, fille de Jean de Secondat, seigneur de Roques, et d'Éléonor de Brenieu.

Godefroi était le premier né des six enfants qui naquirent de ce mariage ([3]). Fut-il d'abord page de Louis XIII, comme l'avance P. Marchand, ou du cardinal de Richelieu, comme l'assure Saint-Simon ([4])? Devint-il ensuite

([1]) Sur l'ancienneté de la famille d'Estrades, il y aurait à citer, en l'absence de l'introuvable volume de Scipion du Pleix (*Généalogie de la maison d'Estrades*, Bordeaux, 1655, in-4°), un passage d'un livre de Pierre Louvet (*Traité en forme d'abrégé de l'histoire d'Aquitaine, Guienne et Gascogne*. Bordeaux, 1659, in-4°) ; mais malheureusement cet auteur n'est pas sérieux, et il me suffira, pour le faire apprécier, de dire qu'il ne craint pas de compter parmi les aïeux de Godefroi d'Estrades un certain Raoul d'Estrades, qui aurait été maréchal de France au XIIIe siècle! La vérité est que la famille d'Estrades appartenait, dès le XVe siècle, à la meilleure bourgeoisie agenaise, et que parmi les ancêtres du comte Godefroi, on peut mentionner Pierre d'Estrades, consul d'Agen en 1481, 1486, 1489, 1494, 1498, 1502, et premier consul de la même ville en 1506; Jehan d'Estrades, consul et lieutenant criminel d'Agen en 1515; François d'Estrades, consul et lieutenant criminel en 1548, etc. Je ne sais s'il faut identifier avec ce dernier magistrat le juge criminel d'Agen que Théodore de Bèze appelle Pierre d'Estrades, et dont il parle aux années 1539, 1551, etc. (*Histoire ecclésiastique*, 1580, t. I.)

([2]) Copie du contrat est conservée aux Archives départementales de Lot-et-Garonne, dans le registre des Insinuations B 35.

([3]) Les cinq autres enfants furent : Jean, évêque de Condom (de 1647 à 1660); Antoinette, abbesse de Saint-Jean d'Autun; Anne Henriette, qui fut fille d'honneur de la reine, et qui épousa (29 juin 1632) Jean de Carbonnières, seigneur de La Capelle-Biron; Jacqueline et Angélique, religieuses carmélites à Agen.

([4]) « Le maréchal d'Estrades doit tout à son mérite. Il fut domestique du cardinal de Richelieu.... » C'est dans ses notes sur le *Journal de Dangeau* (t. I, p. 86) que Saint-Simon a placé ce renseignement, répété par lui en ces termes (p. 303 du même volume) : « Il avoit été page du cardinal de Richelieu, qui se l'étoit depuis fort attaché. »

immédiatement « écuyer de l'un de MM. de Vendôme », ainsi que nous l'apprend Tallemant des Réaux (1)? Est-ce alors que cet homme de grande taille, de froide mine, d'exquise tournure, tel que nous le dépeint le même chroniqueur, tomba si éperdument amoureux d'Angélique Tallemant, sœur de Mme d'Harambure? Des Réaux a donné d'intéressants détails sur la passion que « tout froid qu'il estoit », d'Estrades éprouva pour cette jeune fille « plus aimable que belle », et qui avait le don de charmer tout le monde (2).

S'il fallait en croire P. Marchand, Godefroi aurait fait ses premières armes en Hollande à l'âge de dix-neuf ans, c'est-à-dire en 1626. Labenazie, dans son *Histoire* (manuscrite) *de la ville d'Agen et pays d'Agenois* (3), prétend que ce fut un peu plus tard (en 1630) que d'Estrades passa, comme volontaire, en Hollande, où, se montrant digne de ses oncles, les quatre vaillants MM. de Secondat (4), il se distingua dans trois campagnes (5). Cet

(1) *Historiettes*, édition Monmerqué et Paulin. Paris, t. VII, p. 5.

(2) Elle mourut bien jeune, vers 1631 ou 1632. Tallemant nous a conservé cette particularité touchante (t. VII, p. 7) : « On dit qu'il (d'Estrades) n'a pas ry depuis la mort de cette pauvre Angélique ; il s'en souvient encore avec plaisir (Tallemant écrivait ceci après 1652), et on dit qu'il n'a espousé sa femme qu'à cause qu'elle en avait quelque air. » M. Livet (*Clef historique et anecdotique du grand Dictionnaire des Précieuses*, p. 224 du t. II, Bibliothèque elzévirienne) confond, à propos de la *Philoclée* de Saumaise, Angélique, sœur légitime de Tallemant, avec une autre demoiselle Du Pin, qui était la *sœur naturelle* du maître des requêtes

(3) T. I, p. 365. Labenazie, en sa qualité de compatriote et de contemporain du maréchal, devait être bien informé.

(4) Tous les quatre furent blessés, et deux d'entre eux mortellement, en combattant pour la Hollande.

(5) Moréri nous le montre, en même temps, « agent de France » auprès du prince Maurice de Nassau. P. Marchand ne pense pas que le jeune guerrier ait occupé cet emploi, pas plus que celui d'agent

annaliste ajoute qu'en 1634, il fut fait capitaine dans le régiment de Charnacé ; qu'en 1636, il devint aide de camp du cardinal de La Valette, et qu'il assista, cette même année, auprès du belliqueux prélat, au siége de Saverne (¹).

En avril 1637 (²), d'Estrades épousa Marie de Lallier, fille de Jacques, seigneur du Pin, et de Marguerite de Burtio de La Tour (³). Ce n'était point une jolie femme, nous dit Tallemant des Réaux (⁴), mais une femme agréable, ayant beaucoup d'esprit, surtout beaucoup d'originalité dans l'esprit; et, quoique (toujours d'après le même chroniqueur) le mariage eût été imposé à Godefroi par la volonté paternelle (⁵), les deux époux s'aimè-

auprès du landgrave de Hesse, et il objecte que l'on ne trouve rien sur ce point dans tout le recueil des négociations du comte d'Estrades.

(¹) Sur le siége de Saverne, voir, dans le recueil d'Aubery (*Mémoires pour l'histoire du cardinal duc de Richelieu*, in-f°, t. II, p. 536), une lettre de Louis XIII au cardinal de La Valette (du 20 juin 1636), et (*Ibidem*) divers autres documents, notamment (p. 655) les articles accordés par le cardinal et par le duc Bernard de Saxe-Weimar à ceux qui rendirent la ville qui n'est plus à nous, mais qui sûrement redeviendra française. Voir encore, sur le siége de Saverne, les excellents Mémoires de Montglat (édition d'Amsterdam, 1728, t. I, p. 125).

(²) Le 26 avril, selon le P. Anselme; le 2 avril, selon M. P. Paris (à la marge de la p. 7 du t. VII des *Historiettes*).

(³) Nicolas de Vauquelin, sieur des Yveteaux, le bizarre poète, fut amoureux de la belle-mère de d'Estrades (*Historiettes*, t. I, p. 343). Mme Du Pin se remaria, en septembre 1633, avec un des cousins et correspondants de Balzac, M. de Pontac-Monplaisir, de Bordeaux (voir, dans le second volume des *Œuvres complètes*, 1665, in-f°, p. 171, la lettre de félicitation qu'à cette occasion, le 20 septembre 1633, Balzac écrivit au nouveau marié). M. P. Paris a cité sur Mme de Pontac (*Historiettes*, t. I, p. 355) un passage des *Mémoires* de Lenet, qui nous apprend que cette « belle et spirituelle dame » avait inspiré une vive passion au duc de Bouillon.

(⁴) *Historiettes*, t. VII, p. 8.

(⁵) « Le père avoit inclination pour cette femme et pour sa famille; il obligea son filz à épouser Mlle Du Pin. »

rent tendrement et, comme dans les contes de fées, de nombreux enfants vinrent resserrer leur union et accroître leur bonheur (1).

Le 3 juin de cette même année, le cardinal de Richelieu, écrivant de Ruel au cardinal de La Valette, lui annonce qu'il a reçu du « sieur d'Estrade » les communications que ce dernier était chargé de lui faire au sujet des desseins de son général sur Auchy et sur Hesdin, ou sur le Cateau-Cambresis et Landrecies, et il ajoute que « Le Rasle s'en va avec le sieur d'Estrade pour servir » (2). De retour auprès du cardinal de La Valette, d'Estrades accomplit deux actions d'éclat, l'une au siége de Landrecies (19 juin — 23 juillet 1637), l'autre après la prise de Maubeuge (5 août 1637), toutes les deux racontées avec complaisance par Scipion du Pleix en son *Histoire de Louis XIII*.

Le cardinal de Richelieu, « le connaissant propre aux négociations (3), » l'envoya, le 12 novembre 1637, vers

(1) Louis, marquis d'Estrades; Jean-François, abbé de Moissac, ambassadeur à Venise et à Turin; Jacques, mestre de camp de cavalerie; Gabriel-Joseph, dit le chevalier d'Estrades, colonel du régiment de Chartres; Marie-Anne, d'abord religieuse du Val-de-Grâce, puis abbesse du Puy-d'Orbe. — Mme d'Estrades figure, dans le *Dictionnaire des Précieuses*, sous le nom de *Didacerie* (p. 80 du t. I, de l'édition de M. Livet). L'éditeur (t. II, p. 228) rappelle que le poète La Mesnardière lui adressa une ode intitulée : *le Soleil couchant*, dans laquelle il célébra tout à la fois la mère et la fille.

(2) Voir cette lettre dans le Recueil d'Aubery (t. III, p. 34). M. Avenel en a donné des extraits à la p. 1032 du t. V des *Lettres, instructions et papiers d'État du cardinal de Richelieu*. Il est question de la mission de d'Estrades dans une lettre du P. Joseph au cardinal de La Valette, du 23 juin (Recueil d'Aubery, p. 43), et dans une lettre de Chavigny adressée au même cardinal, le même jour (*Ibidem*, p. 44).

(3) P. Marchand, *Dict. hist.* En tête de l'*Instruction de Mgr le cardinal de Richelieu pour M. le comte d'Estrades, s'en allant, de la part du*

le roi d'Angleterre pour l'engager à observer la neutralité. D'Estrades, qui devait plus tard être si heureux dans ses démarches diplomatiques, et qui a mérité que Saint-Simon dise de lui « si capable dans son métier, et si célèbre par le nombre, l'importance et le succès de ses négociations [1], » d'Estrades vit échouer tous ses efforts devant les préventions de la reine d'Angleterre, alors dominée par Mme de Chevreuse [2]. Loin de se montrer mécontent du négociateur, Richelieu lui écrivit [3] : « Vous avez si bien agi dans votre emploi, que le roi vous a choisi pour aller trouver M. le prince d'Orange, et conclure avec lui le traité de campagne. » D'Estrades, aussitôt après avoir reçu cette dépêche, partit pour la Hollande. Le 22 décembre suivant, il rendait compte au cardinal de son entrevue avec Frédéric Henri de Nassau,

roi, en Angleterre (dans les *Lettres, Mémoires et négociations*, etc., t. I, p. 1, et dans le Recueil de M. Avenel, t. V, p. 885), on lit : « La confiance que j'ay dans la capacité, fidélité et affection de M. le comte d'Estrades, m'a porté de le proposer au roy, pour aller en Angleterre, de la part de Sa Majesté, etc. »

(1) *Mémoires*, t. V, p. 385. Dans ses *Additions* au *Journal de Dangeau*, Saint-Simon résume ainsi (t. I, p. 86) tous les éloges qui ont été jamais décernés à d'Estrades : « Bon dans les armées, meilleur encore dans les négociations, où il excella ; » et (p. 303) : « Il étoit fort bon à la guerre, meilleur aux négociations, où il a bien servi l'État, et s'est fait un grand nom. »

(2) Voir dans les *Mémoires* de Mme de Motteville (édition Riaux, t. I, p. 204-215), le récit intitulé : *Quelques particularités de la négociation du comte d'Estrades en Angleterre, en l'année 1637.* Mme de Motteville tenait ce récit de d'Estrades lui-même. Voir aussi la lettre de d'Estrades à Richelieu, de Londres, le 24 novembre 1637 (Recueil de P. Marchand, t. I, p. 3). D'Estrades était arrivé à Londres le 19 novembre « après avoir essuyé une furieuse tempête ». Le P. Griffet a utilisé le récit de Mme de Motteville et la lettre de d'Estrades (*Histoire de Louis XIII*, t. III, p. 156).

(3) Lettre du 2 décembre 1637 (Recueil de Marchand, t. I, p. 10 ; Recueil de M. Avenel, t. V, p. 896).

et le grand ministre lui répondait (6 janvier 1638) : « On ne peut mieux servir le roi que vous faites, et vous vous êtes si bien conduit près de M. le prince d'Orange, que je vous témoigne avec joye la satisfaction que j'en ai [1]. »

Ce n'était pas seulement Richelieu qui était satisfait de la conduite du comte d'Estrades; c'était aussi le prince d'Orange qui, pour bien lui marquer son estime, lui donna, le 5 février 1638, la compagnie de cavalerie du comte de Bergues et, le 15 avril 1639, le régiment français d'infanterie que commandait feu le duc de Candalle [2]. Entre ces deux dates se place une mission de Godefroi d'Estrades en Piémont, mission délicate, difficile, et qui réussit à merveille [3].

(1) Recueil de P. Marchand, t. I, p. 17. Voir (*Ibid.*, p. 19) une lettre de Chavigny à d'Estrades (même date), où il lui dit : « Vous serez bien aise d'apprendre que Monseigneur a parlé de vous pendant une demie heure, louant votre adresse et votre conduite, etc. »

(2) Conrart (*Mémoires* cités par M. P. Paris, *Historiettes*, t. VII, p. 12) raconte combien, à propos d'une affaire d'argent, le prince d'Orange se montra bienveillant à l'égard de d'Estrades, que, dit-il, il « aimoit extrêmement ».

(3) Voir, dans le Recueil de P. Marchand (t. I, p. 30), l'instruction de Richelieu (datée de Ruel, 5 décembre 1638) qui débute ainsi : « M. le comte d'Estrades sera informé que, sur les avis certains que le Roi a reçu d'une négociation que le P. Monot, jésuite et confesseur de Madame de Savoye, traite avec le prince Thomas et le cardinal de Savoye, pour l'engager à s'accommoder avec l'Espagne, et renoncer à l'alliance de S. M., elle a fait choix de sa personne pour aller trouver Madame la duchesse de Savoye de sa part, pour lui faire connaître l'infidélité du P. Monot, son confesseur, et la porter à permettre qu'on l'arrête. » La dépêche de d'Estrades (*Ibid.*, p. 32-38), datée de Turin, le 17 décembre, renferme de curieux renseignements sur le voyage du négociateur, sur le cardinal de La Valette (chez lequel il descendit), sur la duchesse de Savoye, sur le P. Monot (lequel fut enfermé dans une citadelle), etc. Richelieu (*Instruction* du 10 janvier 1641, *Ibid.*, p. 57) rend hommage à la capacité de d'Estrades « dans » tous les emplois que S. M. lui a confiez, et particulièrement celui » qu'il a eu près Mme la duchesse de Savoye. » On peut consulter

En 1639 ([1]), nous retrouvons d'Estrades en Hollande, et son séjour, coupé par quelques voyages à Paris, s'y prolonge pendant les années suivantes ([2]). Dans un de ces voyages, entrepris tout exprès et en toute hâte, il plaida avec succès, au nom du prince d'Orange, la cause du neveu de ce prince, le duc de Bouillon, qui était menacé de la peine de mort pour s'être associé à la conspiration de Cinq-Mars ([3]).

D'Estrades servit de témoin, le 12 décembre 1643 ([4]),

encore sur l'affaire du P. Monot l'*Histoire de Louis XIII* du P. Griffet (t. III, p. 138), et celle de M. Bazin (t. III, p. 18).

([1]) Ce fut en cette année-là que d'Estrades obtint, par brevet du 28 décembre, une place de conseiller d'État et une pension de deux mille livres.

([2]) Sur ce séjour voir, outre les dépêches comprises entre le 26 août 1639 et le 10 juin 1642 (Recueil de P. Marchand, t. I, p. 40-75), les *Fragmens de diverses conversations que M. le comte d'Estrades a eues avec M. le prince d'Orange Henri, dans les années 1639, 1640 et 1641* (*Ibid.*, p. 46-56). On trouvera là des détails abondants sur les *Mémoires* (manuscrits) de Guillaume de Nassau, que son fils se plut à communiquer avec d'autres importants documents à d'Estrades. On y trouvera aussi un magnifique éloge de Frédéric Henri (p. 55-56).

([3]) Voir (Recueil de Marchand t. I, p. 78 et 79) deux lettres du 18 juillet 1642, adressées par le prince d'Orange, l'une au roi, l'autre à Richelieu, et (*Ibid.*, p. 79-85) une dépêche, écrite de Lyon le 4 septembre 1642, dans laquelle d'Estrades entretient le prince d'Orange de toutes ses démarches en faveur du duc de Bouillon. On conserve au Musée des Archives nationales, sous le n° 490, une lettre autographe, autrefois classée dans les papiers de la maison du roi (KK 1071), adressée par d'Estrades au cardinal Mazarin (de Sedan, le 24 septembre 1642) et relative au complice de Cinq-Mars. Mme de Motteville (*Mémoires*, t. I, p. 87) a signalé l'heureuse intervention du comte d'Estrades; mais, comme l'a remarqué M. Avenel dans sa belle étude intitulée : *Le dernier épisode de la vie du cardinal de Richelieu* (1858, p. 53, note 2), « on peut croire que la cession de Sedan fut plus éloquente pour Richelieu que les supplications du prince d'Orange. »

([4]) M. P. Paris (Commentaire sur l'historiette de M. et Mme d'Estrade, t. VII, p. 11) met ce duel en 1644.

au défenseur de la vertu de Mme de Longueville, Maurice, comte de Coligny ([1]), dans son duel avec le duc de Guise, « un des principaux souteneurs de Mme de Montbason, » comme parle Mme de Motteville ([2]). Ce fut d'Estrades qui alla, le matin de ce jour, appeler le petit-fils du *Balafré* de la part de l'arrière-petit-fils de l'*Amiral*. Le second de Henri II de Lorraine était son écuyer, le marquis de Bridieu, qui se rendit célèbre, en 1650, par sa défense de la ville de Guise contre l'armée espagnole, et qui fut, à cette occasion, nommé lieutenant général. Pendant que le duc de Guise blessait deux fois son adversaire, qui ne devait survivre que peu de jours à la honte de sa défaite, leurs deux seconds se battirent admirablement ([3]), et leur sang rougit le sol de la place Royale. D'Estrades enfin l'emporta sur Bridieu, et, désireux de venger Coligny, il proposa au vainqueur de recommencer avec lui le combat; mais ce dernier, voyant d'Estrades grièvement

([1]) M. P. Paris *(Ibidem)* donne au comte de Coligny le prénom de Gaspard.

([2]) M. V. Cousin (chap. III de la *Jeunesse de madame de Longueville*) a résumé, au sujet de ce combat, les principaux récits contemporains, imprimés ou manuscrits. Il aurait pu, outre Mme de Motteville, La Rochefoucauld, d'Ormesson, etc., citer une lettre latine de Claude Sarrau à Saumaise (p. 78 de l'édition de 1654), lettre dont Bayle n'a pas manqué de se servir dans son *Dictionnaire critique*.

([3]) M. Cousin (*Jeunesse de madame de Longueville*, p. 246) loue beaucoup d'Estrades, « gentilhomme gascon d'une bravoure éprouvée, » et qui, « en 1643, était déjà très compté à la cour et dans les affaires. » Il rappelle qu'il s'était distingué dans plusieurs semblables rencontres. « Il n'y a guères d'homme, » avait déclaré Tallemant (t. VII, p. 5), « qui ayt une valeur plus froide; il a fait plusieurs » beaus combats. On dit qu'un jour il se battit contre un certain » brave, qui se mit sur le bord d'un petit fossé et dit à Estrade : Je » ne passeray pas ce fossé. Et moy, respondit Estrade, en faisant une » raye derrière soy avec son espée, je ne passeray pas cette raye. » Ils se battent : Estrade le tue. »

blessé, ne voulut point, « par grandeur d'âme, » accepter une lutte inégale, et il lui demanda noblement son amitié (1).

En 1646, d'Estrades revint en Hollande avec mission de « faire le marché si important du secours maritime des états généraux pour prendre Dunkerque » (2). Grâce au traité conclu par le futur gouverneur de Dunkerque, la tâche de l'armée qui, sous les ordres du duc d'Enghien, assiégeait cette ville, fut singulièrement facilitée, et l'on est autorisé à dire que l'habile plume du négociateur ne contribua pas moins que la brillante épée du vainqueur de Rocroy à la capitulation (7 octobre) d'une des plus fortes places de l'Europe.

A la fin de l'année 1646, et dans les années 1647 et 1648, nous trouvons d'Estrades en Italie, tantôt à l'île d'Elbe, où il commanda à Porto-Longone et à Piombino, tantôt à Cazal-Major, à Crémone, à Bozzolo, etc. (3). Ce

(1) Des poursuites furent commencées contre d'Estrades, ainsi qu'on le voit dans une lettre que lui adressa le prince d'Orange, le 16 avril 1644 (Recueil de Marchand, t. I, p. 99), lettre pleine des sentiments les plus généreux et les plus affectueux, et qui honore celui qui l'écrivit comme celui qui la mérita. Observons que, suivant le témoignage de Mme de Motteville (*Mém.*, t. I, p. 158), d'Estrades avait conseillé à Coligny, « son parent, » de ne pas provoquer inconsidérément le duc de Guise, qui ne lui paraissait nullement responsable des offenses faites à Mme de Longueville.

(2) Expressions de Saint-Simon (*Mémoires*, t. V, p. 358).

(3) Sur les opérations de d'Estrades en Italie, il faut puiser surtout à deux sources jusqu'à ce jour bien négligées par ses biographes : les *Mémoires* du marquis de Chouppes, lieutenant général des armées du roi (édition de M. C. Moreau, 1861, p. 117-223), et les *Mémoires* du duc de Navailles, pair et maréchal de France (à la suite des *Mémoires* de Chouppes, p. 31-36). De Quincy, dans son *Histoire militaire du regne de Louis-le-Grand* (in-4°, t. I, 1736, p. 70-72), ne nous offre qu'un récit fort embrouillé et fort inexact de l'expédition d'Italie; il resserre tous les événements de cette expédition, y com-

fut le 4 janvier 1647 qu'il obtint le brevet de maréchal de camp. Il était, depuis quelque temps déjà, lieutenant de la compagnie des gendarmes du cardinal Mazarin, lequel, s'il se peut, l'apprécia toujours plus encore que ne l'avait fait le cardinal de Richelieu (1).

Chargé, à son retour d'Italie, du commandement de Dunkerque (1er mars 1649), en l'absence du comte Josias de Rantzau, qui venait d'être emprisonné au château de Vincennes comme suspect de trahison, d'Estrades devint, un mois après la mort du maréchal, gouverneur de cette ville (4 octobre 1650) (2). Le 20 septembre précédent, il avait été nommé lieutenant général des armées du roi. En cette qualité, il servit dans l'armée de Flandre, sous le maréchal du Plessis-Praslin.

Dans l'hiver de 1651, après que le cardinal Mazarin eut été obligé (pendant la nuit du 6 au 7 février) de quitter Paris, d'Estrades y fut arrêté. Voici le récit de cette arrestation, retracé par Mlle de Montpensier (3) : « L'on » avoit pris en même temps d'Estrades, gouverneur de » Dunkerque, en qui M. le Cardinal avoit beaucoup de » confiance; ce qui me le fit garder jusqu'à ce que j'eusse » su de Monsieur ce que j'en ferois. J'y envoyai Préfon- » taine, mon secrétaire... Il me manda de laisser aller

pris le combat de Bozzolo, en une seule année, l'année 1646, alors que ce combat fut livré le 17 décembre 1647. De Quincy se trompe encore en nous montrant (p. 70) d'Estrades maréchal de camp dès 1646.

(1) Voir une lettre et un mémoire adressés de Piombino, le 20 mars 1648, par d'Estrades à Mazarin (Recueil de Marchand, t. I, p. 94-97), et les éloges et félicitations que lui renvoie le cardinal, dans sa lettre du 16 avril 1648 (*Ibid.*, p. 97).

(2) Voir, sur d'Estrades à Dunkerque en 1650, les *Mémoires* de Puységur (1690, t. II, p. 387-391).

(3) *Mémoires* (édition Chéruel, t. I, p. 299).

» M. d'Estrades, que j'avois fait mener dans le gros » pavillon des Tuileries ([1]). Je trouvai que Monsieur avoit » bien de la bonté de le laisser aller : car le retenant, il » étoit maître de Dunkerque, le lieutenant du roi, nommé » Saint-Quentin, étant son domestique, homme d'esprit, » et qui eut bien servi son Altesse Royale. Mais j'obéis à » ses commandements... ([2]). »

Le 5 septembre 1651, la ville de Dunkerque fut investie par l'armée espagnole que commandait l'archiduc Léopold. Après une longue et magnifique résistance, dont il faut lire les détails, jusqu'à présent pour la plupart inconnus ([3]), dans la *relation* qui suit cette notice, d'Estrades fut obligé de capituler (18 septembre 1652). Jamais

([1]) Quelques années plus tard, en 1656, Mademoiselle vit beaucoup, aux eaux de Forges, la femme de son prisonnier : « Les dames avec » qui je fis le plus d'habitude, ce fut madame la comtesse de Noailles » et madame d'Estrades. » (*Mémoires*, t. II, p. 447).

([2]) On sait que Mazarin, fuyant la France, voulut passer par le Havre, pour annoncer lui-même (13 février) aux princes de Condé et de Conti et au duc de Longueville que la liberté leur était rendue. Un historien de la Régence, Benj. Priolo raconte (*Ab excessu Ludovici XIII de rebus Gallicis Histor.*, 1665, in-4°, lib. VI, cap. III, p. 237) que d'Estrades, avec le lieutenant-général du Plessis-Bellière, accompagna le cardinal au Havre.

([3]) On les chercherait en vain dans la *Gazette*, où sont racontés seulement quelques épisodes du siége; on les chercherait tout aussi infructueusement dans le plus ample et le meilleur ouvrage qui ait été consacré à Dunkerque, la *Description historique de Dunkerque*, par Pierre Faulconnier (2 vol. in-f°, Bruges, 1730). A la page 2 du second volume, l'auteur dit de d'Estrades : « Comme sa vie est tissue de beaucoup d'actions fort remarquables, le lecteur sera bien aise d'en voir ici un petit abrégé. » Avec cette notice biographique, Faulconnier a donné un portrait du défenseur de Dunkerque fait par Krafft, à Bruxelles. Il est inutile de dire que ce qui ne se trouve pas dans l'histoire presque bénédictine de Faulconnier manque dans les livres plus récents, notamment dans l'histoire de cette ville, par Victor Derode (Lille, 1852, gr. in-8°).

peut-être capitulation ne fut plus honorable et ne mérita plus que celle-là d'éveiller le souvenir des belles paroles de Michel de Montaigne : « Il y a des pertes triumphantes à l'envi des victoires [1]. »

D'Estrades fut nommé (12 avril 1653) commandant de Brouage, de La Rochelle, du pays d'Aunis et terres adjacentes, et bientôt après (le 2 mai), il reçut du cardinal Mazarin cette lettre : « Vous devez juger de l'estime et » de l'amitié que j'ai pour vous, puisque j'ai porté le roi » à vous choisir pour aller commander en qualité de » lieutenant général en Guyenne, sous l'autorité de M. le » duc de Vendôme. Votre principal dessein doit être de » prendre Bourg et Libourne, et après cela d'attaquer » Bordeaux. J'espère un bon succès de cette entreprise » par la confiance que j'ai en vous et en votre capacité » et expérience dans la guerre [2]. » Le successeur de Richelieu n'avait pas eu tort, cette fois encore, de compter sur d'Estrades : ce général reprit bientôt (5 et 19 juillet) les villes de Bourg et de Libourne, et, suivant l'expression de P. Marchand, « travailla si efficacement à calmer » la Guyenne, que Mazarin lui attribuait toute la gloire » de la tranquillité de cette province [3]. »

Diverses récompenses furent accordées au pacificateur de la Guyenne : le 7 décembre 1653, « il fut reçeu avec

(1) *Essais* (liv. I, chap. XXX).

(2) Recueil de Marchand (t. I, p. 107). Voir (p. 108) la réponse de d'Estrades (du camp près de Libourne, le 24 juin 1653) et toutes les autres lettres échangées entre d'Estrades et Mazarin, au sujet des opérations en Guyenne, jusqu'en juillet 1655 (p. 110-128). Il faut compléter cette lecture par celle des lettres de Mazarin à d'Estrades que j'ai publiées dans les premiers volumes des *Archives historiques du département de la Gironde* (1860 et années suivantes), et enfin par celle des lettres de d'Estrades à Mazarin réunies ici.

(3) Marchand cite, à ce propos, B. Priolo (lib. IX, cap. IV, p. 321).

» toutes les ceremonies accoutumées à la charge de » maire de la ville (de Bordeaux), qui avoit demeuré » supprimée pendant longues années, pour l'exercer en » la mesme manière qu'avoient fait autrefois Messieurs les » mareschaux de Biron, de Matignon, d'Ornano et de » Roquelaure, après avoir presté le serment devant » M. de Pontac, premier président, qui en avoit reçeu la » commission de Sa Majesté. Le mesme jour, il fit son » entrée dans l'hostel de ville, et fut harangué par » M. Dalesme, premier jurat [1]. » Mazarin lui annonça, le 28 décembre de la même année, au milieu de beaucoup de compliments [2], que le roi lui confiait le commandement de toute la province de Guyenne, qui devait être joint à celui de l'armée. Le 4 mai 1654, ses pouvoirs de commandant en chef dans toute la Guyenne furent renouvelés et confirmés [3]. Enfin, le 4 septembre suivant, il fut nommé chevalier des ordres du roi [4].

D'Estrades fut placé (8 mai 1655) à la tête de l'armée de Catalogne, en l'absence du prince de Conti, et à la

[1] *Chronique Bordeloise* (édition de 1703, in-4°, p. 67-68). Les provisions de maire perpétuel de Bordeaux délivrées à d'Estrades portent la date du 10 octobre 1653. Son fils aîné, son petit-fils et son arrière-petit-fils, furent également maires perpétuels de Bordeaux.

[2] Recueil de Marchand (t. I, p 114).

[3] M. Labat (p. 87 de la notice citée au commencement de cette introduction) nous apprend que, le 20 juin 1654, le comte d'Estrades fit son entrée solennelle dans la ville d'Agen, et qu'il fut complimenté par l'évêque de cette ville, Mgr d'Elbène, à côté duquel se trouvait le frère du comte, Jean d'Estrades, évêque de Condom.

[4] C'est la date indiquée par Pinard, qui ajoute que d'Estrades ne fut reçu qu'en 1661. On lit dans une lettre de Mazarin à d'Estrades, du 30 juillet 1654 (p. 103 du t. II des *Archives historiques du département de la Gironde*) : « Le Roy vous a accordé volontiers la grace du » brevet de chevalier de l'Ordre. Je prendray le soing de le faire » expedier, et de le mettre entre les mains de madame d'Estrades, » à Paris. »

tête de l'armée d'Italie (22 mai 1657), toujours en l'absence du même prince. Dans ces deux campagnes, il prit plusieurs places fortes, livra plusieurs combats heureux, et fut dignement secondé à Nono (1) et à Alexandrie par son fils aîné (2).

Nommé ambassadeur en Angleterre dans l'été de 1661 (3), d'Estrades soutint avec une noble fermeté les prérogatives de la couronne de France contre les prétentions et les violences du baron de Vatteville, ambassadeur d'Espagne. Tous les historiens ont loué l'attitude pleine de fierté qu'en ces circonstances garda le représentant de Louis XIV (4).

(1) Voir la lettre enthousiaste écrite, à ce sujet, par Mazarin à d'Estrades, le 12 juin 1657 (Recueil de Marchand, t. I, p. 130).

(2) Lettre du même au même, du 21 août 1657 (*Ibid.*, p. 132). On se souvint de la belle conduite de Louis d'Estrades quand, en donnant le gouvernement de Gravelines à son père (1er octobre 1660), on en réserva la survivance au jeune officier.

(3) Il fut reçu pour la première fois par le roi d'Angleterre le 19 juillet (Recueil de Marchand, t. I, p. 133).

(4) Voir, sur l'incident du 10 octobre 1661 à Londres, et sur tout ce qui suivit cet incident jusqu'à l'éclatante réparation du 24 mars 1662 à Fontainebleau, outre toutes nos histoires de France, les Mémoires de Brienne, de Bussy-Rabutin, de Montglat, de Mme de Motteville, et surtout ceux de Louis XIV (édition Dreyss, t. I, p. 532-540). Le récit reproduit par M. Dreyss, et qui avait aussi été donné par le général Grimoard (*Mémoires historiques et militaires de Louis XIV*, t. I, p. 118-129), avait été déjà publié à part sous ce titre : *Détails sur la rencontre qui eut lieu à Londres, le 16 octobre 1661, entre les carrosses des ambassadeurs de France et d'Espagne* (sans lieu ni date, in-4°, pièce qui porte le n° 3465 dans le t. II du *Catalogue de la Bibliothèque nationale; Histoire de France* (p. 223). A la page 225 du même tome, sous le n° 3473, est indiqué : *Procès-verbal contenant la déclaration que le marquis de la Fuente, ambassadeur extraordinaire du roi catholique près du roi, a faite à Sa Majesté, de la part de son maître, pour satisfaire Sa Majesté sur ce qui était arrivé en la ville de Londres.....Ensemble tout ce qui s'est passé dans cette première audience. Du 24 mars 1662.* Paris, S. Cramoisy, 1662, in-f°. — Il y eut deux

L'année suivante, d'Estrades se « distingua plus encore » par la grande habileté avec laquelle il sçut enlever l'im- » portante place de Dunkerque à l'Angleterre et l'acquérir » à la France, par ce fameux et presque incroyable traité » du 27 octobre 1662 (¹), son chef-d'œuvre de politi- » que (²). » Quelques mois après, il fut envoyé ambassadeur extraordinaire en Hollande, où, depuis le 4 janvier 1663 jusqu'au 17 octobre 1668 (³), il servit son pays avec tant d'intelligence et de dévouement, qu'il a mérité de servir à jamais de modèle à tous les ambassadeurs (⁴).

autres éditions de cette pièce la même année (Paris, in-4°), et on en publia une traduction latine (Paris, in-f°, 1662).

(¹) D'Estrades était parti de Paris vers le milieu du mois d'août (*Gazette* du 19 août 1662, p. 813).

(²) P. Marchand, *Dict. histor.* Voir la lettre écrite, le jour même de la signature du traité, par d'Estrades à Louis XIV (Recueil de Marchand, t. I, p. 388-397). Voir aussi la réponse de Louis XIV, en date du 30 octobre (*Ibid.*, p. 398-403). Conférez Lingard (*Histoire d'Angleterre*, traduction de Léon de Wailly, t. V, p. 543-545). Wicquefort (*L'ambassadeur et ses fonctions*, édition de 1715, in-4°, Cologne) admire beaucoup l'adresse avec laquelle d'Estrades enleva Dunkerque aux Anglais.

(³) Le 31 juillet 1667, il conclut à Bréda un traité de paix avec le Danemark.

(⁴) C'est ce que reconnaissent tous les biographes, c'est ce que proclame surtout Wicquefort, qui, en plusieurs endroits du livre que je viens de citer, relève le mérite extraordinaire du comte d'Estrades. Wicquefort n'oublie pas (t. I, p. 390) de célébrer la générosité de d'Estrades. Voici ce passage : « Il y a aussi fort peu d'ambassadeurs » qui s'acquittent bien dignement de ce qu'ils doivent à leur prince » à cet égard. Il n'y a que M. d'Estrades qui, pendant les six années » de son ambassade extraordinaire en Hollande, ait tenu une table » splendide, magnifiquement et également bien servie, sans que le » prétexte de ses dépesches l'aye empesché d'y recevoir tous les » jours toutes les personnes de qualité qui vouloient prendre part à » sa bonne chère. » Amelot de la Houssaye (*Mémoires historiques, politiques, critiques et littéraires*, édition de 1722, t. II, p. 423) ajoute à la citation du même passage cette piquante observation : « Nota,

D'Estrades mit le comble à sa réputation en concluant, comme premier plénipotentiaire de la France (1), après trois ans d'épineuses négociations (10 août 1678), cette paix de Nimègue qui devait être étendue bientôt à l'Europe tout entière (5 février 1679), et qui fut un des plus grands et des plus heureux événements du règne de Louis XIV. Quelques années auparavant (30 juillet 1675), il avait été honoré de la dignité de maréchal de France (2), après s'être emparé, le 27 mars précédent, de la ville de Liége. Louis XIV, qui lui avait donné tant d'autres témoignages de sa reconnaissance, le nomma (mars 1684) gouverneur, premier gentilhomme de la Chambre et surintendant des finances du duc de Chartres, depuis duc d'Orléans et régent du royaume (3).

que Wicquefort, toute sa vie grand écornifleur, était l'hôte perpétuel de cette table, où il buvait comme un templier. » Soit! Mais, du moins, chez Wicquefort, la reconnaissance a duré plus longtemps que la digestion, ce qui n'est pas toujours arrivé chez bien d'autres!

(1) D'Estrades avait été nommé premier plénipotentiaire le 23 décembre 1675.

(2) Voir une lettre de Mme de Sévigné, du 31 juillet. Dans la *Gazette* du 3 août, où sont les noms des huit nouveaux maréchaux de France, que l'on appela si spirituellement *la monnaie de M. de Turenne*, d'Estrades reçut les titres de « gouverneur de Dunkerque, de Maestricht et de la province de Limbourg. » P. Marchand n'avait pas vu l'article de la *Gazette*, lui qui a dit *(Dict. histor.)* : « Outre tous les titres dont » il se trouve revêtu ci-dessus, le P. Anselme lui donne encore celui » de vice-roi de l'Amérique, aussi bien que Moréry, qui y ajoute celui » de gouverneur de Mastricht et de la province de Limbourg, mais » sans en donner ni l'un ni l'autre aucune preuve. »

(3) C'est la date indiquée par Pinard. Marchand met à tort cette nomination en 1685. Ce qui l'a trompé, sans doute, c'est que d'Estrades ne prit possession de son emploi qu'au commencement de 1685. Mme de Sévigné (lettre du 4 février 1685) s'exprime ainsi : « Je ne » crois pas que notre bon maréchal d'Estrades fasse de grandes intri» gues dans cette cour très orageuse. » Mme de Sévigné, comme Mme de Motteville, connaissait beaucoup le maréchal; elle écrivait à

D'Estrades mourut à Paris, après plusieurs jours de souffrances ([1]), le 26 février 1686; il fut enterré dans un caveau de l'église de Saint-Eustache, vis-à-vis la chapelle de la Vierge. Ayant eu le malheur de perdre sa femme (en janvier 1662) ([2]), il s'était remarié, par procureur, le 9 juin 1679, étant alors à Nimègue, avec Marie d'Aligre, fille d'Étienne d'Aligre, chancelier de France, et veuve de Michel de Vertamon, maître des requêtes ([3]).

sa fille, le 15 novembre 1684, à propos d'une lettre qu'elle venait de recevoir de lui : « Il me conte si bonnement et si naïvement toutes » les questions que vous lui avez faites sur mon sujet, que je n'ai pu » lire sans pleurer la lettre de ce bonhomme. » M. Labat (p. 94) s'étonne de cette « qualification singulière »; mais *bonhomme*, au XVIIe siècle, voulait dire seulement *homme âgé;* et c'est ainsi, pour prendre deux exemples célèbres, que Balzac, dans ses *Lettres*, appelle son vieux père, et que Dangeau, dans ses *Mémoires*, appelle le vieux et grand Corneille.

([1]) Il était déjà à l'agonie le 11 février, d'après une lettre du 12 de ce même mois, du marquis de Bussy au comte de Bussy (*Correspondance de Roger de Rabutin*, etc., édition L. Lalanne, t. V, p. 515). Le marquis de Bussy cite là ce mot de l'incorrigible railleur Bensserade, « qu'il était bien difficile d'élever des gouverneurs à M. de Chartres, » mot que l'on retrouve dans le *Journal* de Dangeau et dans divers Mémoires, notamment dans ceux de Duclos.

([2]) Voir ce qu'il dit de sa douleur dans une lettre au roi, écrite de Chelsea le 1er février 1662 (Recueil de Marchand, t. I, p. 215). Voir aussi les paroles de condoléance de Louis XIV (lettre du 25 janvier 1662) (*Ibid.*, p. 214).

([3]) Marie d'Aligre, en 1679, n'avait pas moins de quarante-six ans; elle ne mourut que le 12 février 1724, à l'âge de quatre-vingt-onze ans. Voir, dans la *Correspondance de Roger de Rabutin* (t. IV, p. 119), une lettre de Mme de Rabutin à Bussy, du 6 juin 1678, sur le mariage alors projeté de Mme de Vertamon et du maréchal. On y rapporte ce mot de Mademoiselle, que d'Estrades « vendoit bien sa vieille peau ». Ce second mariage ne fut pas aussi heureux que le premier. On lit dans la même *Correspondance* (lettre de Mme de Coligny à Bussy, du 22 janvier 1685, t. V, p. 416) : « La maréchale d'Estrades fait tout ce » qu'elle peut pour se raccommoder avec son mari; le Palais-Royal » lui fait envie. » Le *Journal* de Dangeau (à la date du 22 février 1685)

Les *Lettres, mémoires et négociations* du comte d'Estrades parurent pour la première fois en 1709 (5 vol. in-12), non à *Bruxelles, chez Henri le Jeune,* comme on le voit sur le titre, mais en réalité à La Haye, chez Abraham de Hondt. Cette édition n'était pas seulement bien incomplète, elle était encore déplorablement tronquée. Aussi fut-elle vivement critiquée par l'auteur des *Remarques générales sur les lettres, mémoires et négociations de M. le comte d'Estrades* (Paris, 1709, in-12). Cet auteur (Daniel de Larroque, fils du savant ministre protestant, Mathieu de Larroque) loue autant le comte d'Estrades, « un des plus habiles ministres qu'ait eu la France dans les pays étrangers (p. 19), » qu'il maltraite le compilateur de La Haye (1).

La seconde édition fut faite à La Haye, chez Abraham

confirme tout cela : « J'appris que Mme la maréchale d'Estrades s'étoit » raccommodée avec son mari et qu'elle étoit allée loger au Palais- » Royal. » Ne pas négliger les *Additions* de Saint-Simon (p. 125).

(1) A la page 48 de sa brochure, D. de Larroque cite une lettre d'un homme très bien informé relative aux manuscrits originaux de l'ambassade du comte d'Estrades en Hollande, manuscrits qui remplissent 22 volumes in-fo dont le moindre est de 900 pages, lesquels sont entre les mains du marquis d'Estrades, petit-fils de l'ambassadeur, etc. Sur l'édition de 1709 et sur les éditions suivantes, on peut consulter encore la *Bibliothèque historique de la France* du P. Lelong (édition Fevret de Fontette), et la *Méthode pour étudier l'histoire*, de Lenglet du Fresnoy. Dans ces deux ouvrages, on accuse Jean Aymon d'avoir volé à la Bibliothèque du Roi un certain nombre des dépêches si mal publiées par lui, ce que conteste énergiquement P. Marchand (p. II et III de l'*Avertissement* qu'il a mis en tête du tome I de l'édition de 1743). M. Avenel, dans deux amples notes du tome V des *Lettres du cardinal de Richelieu* (p. 885-889), donne beaucoup de renseignements sur les dépêches manuscrites et imprimées du comte d'Estrades. Il faut rapprocher de ces précieuses notes ce que dit M. Mignet, dans les *Négociations relatives à la succession d'Espagne sous Louis XIV* (t. I et II, *passim*), des dépêches de d'Estrades ou à d'Estrades conservées aux Archives du ministère des affaires étrangères.

de Hondt, en 1719 (6 vol. in-12) [1]. Quoique bien préférable à la première, elle est gâtée par de nombreuses suppressions et de non moins nombreuses infidélités dues à de fautives copies.

Vingt-quatre ans plus tard, P. Marchand entreprit de donner les lettres de d'Estrades « aussi parfaites qu'elles » sortirent des mains de l'auteur », assurant qu'il possédait « de quoi rétablir » les dites lettres « dans leur intégrité primitive ». Pour ajouter, disait-il, « un nouveau degré de perfection » à son recueil, il y fondit les trois volumes qu'Adrien Moetjens imprima à La Haye, en 1710, sous le titre de : *Lettres et négociations de MM. le maréchal d'Estrades, Colbert, marquis de Goissy et comte d'Avaux, ambassadeurs plénipotentiaires du roi de France à la paix de Nimègue, et les réponses et intructions du roi et de M. de Pomponne.* P. Marchand avait bien raison d'ajouter [2] : « Je me flatte qu'on me saura gré d'avoir » rassemblé, de cette manière, tout ce qui a paru jus- » qu'ici sous le nom du comte d'Estrades [3]. » Mais combien plus encore on lui aurait su gré d'avoir toujours exactement daté les lettres du comte d'Estrades, d'en avoir toujours reproduit le véritable texte, en un mot d'avoir mieux tenu l'engagement qu'il avait pris de

(1) Le sixième volume est la reproduction d'un volume isolé qui avait paru, en 1718, à Amsterdam, chez J.-F. Bernard (in-12), sous ce titre : *Ambassades et négociations de M. le comte d'Estrades en Italie, en Angleterre et en Hollande, depuis l'année 1637 jusqu'en l'année 1662.* Le libraire, dans son *Avertissement,* fait un grand éloge des lettres inédites qu'il publie et de leur auteur, qu'il met au-dessus de tous les habiles gens que Louis XIV eut à son service.

(2) *Avertissement,* p. v.

(3) Le Recueil de Marchand se compose de neuf volumes (in-12), avec un dixième volume de supplément. Londres (pour La Haye), 1743. On en a fait une traduction hollandaise (Utrecht, 1756).

publier ces lettres « dans leur intégrité primitive ».

Quoi qu'il en soit, nul n'a mieux que Marchand analysé et jugé la correspondance dont il a été l'éditeur, et j'engage tous ceux qui n'auraient pas le temps de lire les dix volumes des *Négociations* du comte d'Estrades, à lire au moins le résumé que ce critique en a présenté dans la *Bibliothèque Britannique* (1), et qu'il a transporté dans son *Dictionnaire historique*. A côté du témoignage rendu par Marchand à un ensemble de documents qu'il appelle la *clef de la politique française*, je citerai ce mot de Saint-Simon (*Mémoires*, t. V, p. 386) : « Il y a d'excellents » mémoires du maréchal d'Estrades, » et cette phrase de Voltaire (*Écrivains du siècle de Louis XIV*) : « Ses » *Lettres* sont aussi estimées que celles du cardinal » d'Ossat, et c'est une chose particulière aux Français, » que de simples dépêches aient été souvent d'excellents » ouvrages (2). »

(1) T. XX, 1re partie, p. 169-203.

(2) La *Bibliothèque historique de la France* (au n° 30979) renvoie, pour l'appréciation des négociations du comte d'Estrades, à divers recueils périodiques, tels que la *Bibliothèque ancienne et moderne* (t. X), la *République des lettres* de Bernard (janvier et juillet 1710), la *Bibliothèque raisonnée* (t. XXX et XXXI), le *Journal de Verdun* (mars 1719), les *Mémoires de Trévoux* (mars 1720), la *Nouvelle Bibliothèque* (octobre 1742), *le Pour et le Contre* (t. XII), etc. P. Marchand s'est plaint en ces termes de l'ingratitude française à l'égard de d'Estrades (*Dict. hist.*) : « Un homme qui avait rendu tant de services importants à sa patrie méritait certainement plus d'attention de la part » des historiens ses compatriotes, et c'est quelque chose d'assez » remarquable que Perrault lui-même, qui traitait de propos délibéré » des *Hommes illustres français qui ont paru dans le XVIIe siècle*, l'ait » totalement oublié dans son Recueil, pendant qu'il en a placé divers » autres qui le méritaient sans doute beaucoup moins. » De nos jours, on a souvent loué les lettres de d'Estrades, et M. V. Cousin notamment a dit (p. 246 de la 4me édition de la *Jeunesse de Madame de Longueville*) : « On a de lui des *Lettres et Mémoires* très estimés. »

La relation de la défense de Dunkerque et les lettres qui la suivent, formeront un nouveau et, j'ose le dire, bien utile supplément au Recueil de 1743. La relation surtout est une pièce de la plus haute valeur et qui manquait à l'histoire. Par la publication de ce journal d'un siége qui fut si remarquable, journal simplement, modestement rédigé, où rien n'est omis, où la lumière est complète, notre littérature militaire s'enrichit de pages que l'on doit sans hésitation rapprocher de tout ce que le XVIIe siècle nous a laissé de meilleur en ce genre (1).

Quant aux lettres, j'aurais facilement pu en réunir une centaine au moins : c'eût été beaucoup trop. J'ai choisi, pour les reproduire en entier, quelques-unes des plus importantes (2). J'ai donné des extraits d'un certain nombre d'autres; enfin, je me suis décidé à négliger tout à fait celles qui ne me paraissaient avoir qu'un médiocre intérêt (3). Dans toute cette correspondance inédite, dont les historiens de la Fronde en Guyenne auront à tenir grand compte désormais, on retrouvera les qualités tant vantées de la correspondance imprimée; on

(1) Le manuscrit autographe intitulé : *Défense de Dunkerque par le comte d'Estrades*, est conservé à la Bibliothèque nationale (fonds français, n° 11607). C'est un in-f° de 48 pages, à larges lignes. On lit à la dernière page : *Relation du siége de Dunquerque soutenu par M. le comte d'Estrades, fait et escrit de la propre main dudit comte, présent gouverneur de Maestric et de Dunquerque, depuis qu'il a esté rachepté des Anglais.*

(2) Ces lettres proviennent, les unes des Archives nationales (Registres KK 1219 et 1220), les autres de la Bibliothèque nationale (fonds français, n° 11633).

(3) J'ai mis à l'*Appendice*, sous le n° I, un billet de quelques lignes écrit au savant Du Puy, et tiré d'un volume de sa collection, et, sous le n° II, une lettre trouvée par moi à l'état de copie dans le volume 10209 du fonds français, lettre qui n'est peut-être pas inédite.

y retrouvera surtout l'empreinte de ce sentiment du devoir, de ce zèle pour bien faire, qui valurent au comte d'Estrades cet éloge d'un bon juge, l'archevêque de Bordeaux, Henri de Béthune (Lettre au cardinal Mazarin, du 7 septembre 1654 (1) : « Je suis obligé de vous man- » der, Monseigneur, que le Roy ne pouvoit estre plus » dignement servi dans cette ville et cette province que » par M. le comte d'Estrades, lequel y fait valoir haute- » ment son authorité, y apportant une conduite très » prudente et vigoureuse. Il ne laisse passer aucune » occasion sans en donner des preuves, étant une per- » sonne d'ordre, vigilante, de probité et telle qu'il falloit » icy. Je reconnois de plus en plus ses bonnes et excel- » lentes qualitez, ayant grande satisfaction de contribuer » de ma part au service du Roy en traitant avec luy avec » une entière et mutuelle correspondance. »

(1) Bibliothèque nationale (fonds français, vol. 11633, non paginé). Je ne crois pas que cette lettre ait été publiée.

DÉFENSE DE DUNKERQUE

PAR

LE COMTE D'ESTRADES

Dunquerque est une ville assez grande, située sur le bord de la mer, considérable, pour estre voisine de Angleterre et de Hollande, par le grand nombre de matelots et par le meilleur hâvre qui soit sur la coste de Flandres, ce qui attire le commerce de toutes parts. Il y a trois rivières qui passent dans la ville: la grande Colme qui va à Bergues et de là à Saint-Omer; la petite Colme qui va à Furnes et Nieuport et Bruges; et le canal de Link qui tombe dans la rivière d'Aa. Ces trois rivières ont communication par touttes les grosses villes de la Flandres et rendent le commerce de Dunquerque plus grand que tous les autres lieux en ce que les marchans reçoivent et envoyent leurs marchandises par eau et avec peu de frais ([1]).

[1] Comparez ce passage et les passages suivants avec les renseignements que fournissent Sarasin (*Histoire du siége de Dunkerque*, 1658, in-12, dans les *Œuvres complètes*, édition de Courbé, p. 23-26); Faulconnier (*Description historique de Dunkerque*, t. I, p. 170); Desormeaux (*Histoire de Louis de Bourbon, prince de Condé*, 1766, t. I, p. 338-339); Derode (*Histoire de Dunkerque*, premières pages, et,

Outre le hâvre de Dunquerque où il y peust (tenir) cent vaisseaux en seureté de toutes les tourmentes, il y a une rade qu'on appelle la fosse de Mardïck, où il peust tenir deux cens navires. Les vaisseaux de douze cens tonneaux y ont assez d'eau. Dans les basses marées il y a vingt-quatre pieds d'eau. L'on y entre par la pointe qui est du costé de Gravelines et proche d'un fort de bois qui est dans la mer, où il y a douze pièces de canon et à une portée de mousquet du fort de Mardick [1]. L'on y met d'ordinaire trente hommes de garde. A marée haute, le dit fort est enfermé de la mer et l'on n'y peut aborder qu'avec des bateaux. A marée basse, quand la mer est retirée, l'on y peut aller sur l'Estran [2].

La ville de Dunquerque n'a nulle fortification qu'une simple muraille point flanquée, entourée des dunes tant du costé du hâvre que du costé de Nieuport, ville qui est aux ennemis et qui n'en est qu'à quatre lieues. Les dites dunes ne sont qu'à la portée du mousquet de la place et sont si hautes qu'elles commandent sur le rempart.

La forteresse consiste en sa forte garnison qui est de quatre mille hommes de pied et de trois cens chevaux, pour meintenir les hauteurs qui sont hors la ville, et en ce que du costé de la campagne le Roy occupe les villes

pour ce qui regarde spécialement les canaux, p. 66-69); l'auteur anonyme d'un manuscrit de la Bibliothèque nationale (fonds français, 11608), manuscrit accompagné de plusieurs plans et dessins, et intitulé : *Description historique, politique et topographique de Dunkerque, depuis l'an MDCXLVI jusqu'en MDCCCLXX*, etc.

(1) On trouve à la page 15 du manuscrit que je viens d'indiquer *le plan du fort de Mardick.*

(2) M. Derode (p. 3) dit : « Ce que nous nommons *estran* était, du temps de Louis XIV, le banc Schurken. » On voit que, du temps de Louis XIV déjà, ce banc était connu sous le nom qu'il porte aujourd'hui.

de Furnes, Bergues, Bourbourg et Gravelines, et ainsi la ville de Dunquerque est entourée des places qui sont à Sa Magesté.

Elle est aussi considérable du costé de la mer en ce que de Gravelines les secours y peuvent entrer le long de la coste par de petites barques, en ce que les grands vaisseaux ne peuvent pas aprocher la coste de trois lieues à cause des bancs et que nous sommes supérieurs dans Dunquerque pour des petits bateaux armés contre ceux que les ennemis pouvoient avoir.

Gravelines est la meilleure et la plus importante place du royaume. Elle est de six bastions revestus de pierre, avec quatre demi lunes et deux contrescarpes dont les fossés sont de quatre-vingt pieds de large et les fossés de la place sont de deux cents pieds de largeur et vingt-quatre de profondeur et que l'on hausse à toutes les marées en levant une escluse qui est proche des bastions.

La mer bat contre trois bastions à toutes les marées.

La rivière d'Aa qui est fort naviguable sert de double fossé à la ville et les bateaux passent proche des bastions, entrant et sortant à la mer.

La rivière a communication à toutes les grosses villes de Flandres et sépare les terres de France et de Flandres, en quoy la place est plus considérable pour la France.

S'il y avoit eu un hâvre à Gravelines, ceste place n'auroit eu rien de comparable; mais il n'y peust entrer que des barques de soixante ou quatre-vingt tonneaux au plus et mesmes ne sont pas en seureté pendant la tourmente.

Il a esté nécessaire de représenter ce que dessus pour bien faire entendre tout ce qui s'est passé dans la perte de ces places.

Le sieur d'Estrades fust envoyé au comencement de

l'année 1649 commander à Dunquerque après la prise du maréchal de Rantzau [1]. Comme sa garnison estoit composée d'un régiment allemand et d'un autre françois qui estoit à luy, elle fust dissipée en peu de temps par sa prison, la pluspart des officiers estant ses créatures. Les magasins furent aussitôt pillés et le sieur d'Estrades trouva ceste place en très grand désordre. Il n'y avoit en tout que vingt-quatre milliers de poudre, quarante milliers de mèches et vingt milliers de plomb, les canons sans affuts et les batteries sans clous ni planches.

Il ne trouva aucunes armes de réserve en cas de siége, ni de blés dans les magasins pour le pain de munition.

Il dépêcha un gentilhomme en Hollande à M. le Prince d'Orange [2] pour luy représenter l'estat où il avoit trouvé ceste place, et le prier de trouver bon qu'il tirast deux mille hommes de son régiment qu'il a en Hollande et des autres troupes françoises et de permettre qu'il fist venir les munitions et les armes nécessaires pour la place. M. le Prince d'Orange accorda tout ce que le sieur d'Estrades luy demanda, et en deux mois de temps, il reçeust de Hollande deux mille cinq cents hommes et cinquante officiers, cent milliers de poudre, quatre mille mousquets et deux mille outils.

Le dit d'Estrades commença à faire fortifier les hauteurs qui commandoient dans la place, et à fermer une brèche du costé de Nieuport, à quoy il n'avoit peu travailler plustost, manque de gens.

Il fust averti de Bruxelles que deux officiers allemans avoient esté proposer de surprendre Dunquerque, qu'ils

[1] Rantzau fut arrêté le 27 février.

[2] Guillaume II, qui avait succédé (janvier 1648) à son père Frédéric-Henri de Nassau, mort en mars 1647, et qui allait lui-même mourir bientôt (novembre 1650).

avoient des armes cachées pour deux mille hommes : et comme la ville est fort peuplée et qu'il y a du moins six mille habitants ([1]), ils asseuroient d'en trouver deux mille pour se saisir de la brèche par le dedans, et que l'armée venant la nuit du costé de Nieuport, ainsi qu'il estoit aisé, toutes les troupes des ennemis estant vers Courtray et Franc de Bruges, elle attaqueroit les retranchemens qu'il avoit commancés devant la brèche.

Le dit d'Estrades fit arrester ces deux hommes et se mit en estat de recevoir les ennemis. Le lendemain, ils marchèrent et à la pointe du jour le comte de Fuensaldagne ([2]), avec toute l'armée, attaqua le premier retranchement qu'il avoit fait, où il avoit mis six pièces de canon chargées de cartouches. Les ennemis furent repoussés avec perte de plusieurs de leurs gens et se retirèrent sur les dix heures du matin. Le sieur d'Estrades les suivit avec mille hommes de pied et deux cents chevaux, chargea leur arrière garde dans un défilé qui est proche de la rivière de Furnes et leur prit six charriots chargés de munitions, de cordages et grands crochets pour arracher les palissades et amena deux cents prisonniers.

Le lendemain, il fit faire le procès à ces deux officiers qui avouèrent la conspiration; ils furent roués et leurs corps coupés en quartier et mis à l'entrée des portes sur des roues, et leurs testes mises sur un poteau à l'entrée du havre. Il y eut plusieurs habitans qui s'enfuirent et d'autres furent chatiés.

Le sieur d'Estrades s'appliqua durant les années 1649,

([1]) Aujourd'hui Dunkerque compte plus de 32.000 habitants.

([2]) Alfonse Perès de Vivero, comte de Fuensaldagne, un des meilleurs généraux espagnols du XVIIe siècle.

50, 51 et 52, qu'il en a esté gouverneur, de fortifier les hauteurs, d'avoir quatre mille hommes de pied et trois cents chevaux bien payés, et croyoit que Gravelines estant au Roy et les secours venant le long de la coste, que les ennemis ne sçauroient prendre Dunquerque par la force.

Il employa tout le revenu du gouvernement à bien entretenir sa garnison, à achepter cent cinquante milliers de poudre, de la mèche, du plomb à proportion, et de toutes les autres choses nécessaires dans la place. Il fit remonter tout de neuf quarante pièces de canon et fit faire autant d'affuts neufs pour les renouveller, fit venir sur son crédit six mille septiers de blé pour mettre dans les magasins et pourveut à tout ce qu'il put prévoir avoir besoing, y employant pour cela tout l'argent qu'il avoit pu espargner du revenu du gouvernement.

Pendant quatre ans que le sieur d'Estrades a esté gouverneur de Dunquerque, il n'a point touché d'argent du roy pour la subsistance de la garnison, et il a fallu qu'il ayt fourni à toutes sortes de dépenses (¹).

Les désordres s'estant augmentés en France, en l'année 1651, et le Roy estant sorti de Paris, Sa Magesté fust obligée de retirer son armée de Flandres, ce qui fit prendre le dessein aux ennemis d'attaquer Furnes, Bergues et Bourbourg qu'ils prirent, et postèrent leur armée dans ces trois villes qui investirent Dunquerque du costé de la terre et ostèrent toute la contribution au sieur d'Estrades qui n'avoit plus aucune subsistance que par

(¹) Pourtant on lit dans Tallemant des Réaux (t. VII, p. 10) que, quand la ville de Dunkerque fut reprise par les Espagnols, Mme d'Estrades « disoit que jamais personne n'avoit perdu plus gayement » cent mille livres de rente; car elle croyoit son mari en péril, et » n'estoit pas faschée qu'il en fust dehors. »

Gravelines avec ses petits bateaux qui alloient au fort de Mardick, qui est à une lieue de Dunquerque, lequel fort le sieur d'Estrades avoit fait et y tenoit deux cens hommes de garnison, et oultre cela avoit fait batir le fort de bois qui estoit dans la mer vis à vis de Mardick pour la seureté de la fosse où est ceste bonne rade, et pour la seureté de nostre communication de Dunquerque à Gravelines, n'y ayant qu'une lieue et demi du dit Mardick à Gravelines.

Le dit d'Estrades escrivit au maréchal de Grancey (1) pour le prier de permettre qu'il acheptat du blé, des légumes, du bois pour cuire le pain, n'en pouvant plus avoir du pais ennemi, en payant plus cher qu'à l'ordinaire. Le maréchal de Grancey luy refusa et dit à ses gens qu'il estoit en peine de faire ses provisions. Il ne pouvoit envoyer à Calais qu'avec grand risque, les ennemis ayant vingt navires de guerre qui croisoient depuis Calais jusques à Dunquerque.

Le dit d'Estrades fut averti et cella luy parut par les suites, que le maréchal de Grancey disoit tout haut que Dunquerque estoit perdu, qu'en l'estat où estoient les affaires du Roy, il ne le pouvoit secourir, et qu'après cela, Gravelines vaudroit deux cens mille escus de rente, et qu'elle ne se pouvoit jamais perdre n'estant qu'à trois lieues de Calais, à deux lieues d'Ardres, toute la France proche de ses bastions et la meilleure place du royaume. Il tenta plusieurs fois soit par lettres ou par des gentilshommes de l'obliger à luy donner le passage pour aller achepter ce qu'il luy falloit en France, ce qu'il refusa

(1) Jacques Rouxel, comte de Grancei et de Medavi, gouverneur de Gravelines depuis 1644, maréchal de France en janvier 1651, mort en novembre 1680, âgé de 78 ans.

avec obstination, et mesmes défendit à ses officiers de ne luy donner aucun secours. Le dit d'Estrades en prit résolution d'armer deux frégates et envoyer à Calais et prendre le temps d'un grand vent du nord. Il escrivit à M. le comte de Charost ([1]) et luy manda la nécessité où il estoit. Il en fit de mesme à M. le maréchal d'Aumont, gouverneur de Boulogne ([2]), et leur manda la dureté et le mauvais procédé du maréchal de Grancey. Ils commandèrent qu'on luy donnat tout ce qu'il demanderoit, et respondirent de vingt mille escus par dessus l'argent qu'il avoit envoyé. Les frégates firent, pendant l'hiver de 1651, trois voyages fort heureusement et amenèrent dans la place trois mille septiers de blé, quinze cens de pois, autant de fèves, du ris, de la morue sèche, mille septiers d'orge pour faire de la bière, et vingt milliers de fagots. Le dit d'Estrades eut des provisions jusques au mois de janvier 1652. Ses frégates furent prises au quatriesme voyage par les Ostendois et vindrent mouiller l'ancre à l'entrée du canal de Dunquerque avec quinze vaisseaux, et luy ostoient toute sorte d'espérance de retirer plus de vivres de Calais, d'où le dit d'Estrades auroit eu toutes les choses nécessaires, ne se pouvant rien adjouster à la diligence et à l'affection que M. le maréchal d'Aumont et M. le comte de Charost ont tesmoignée pour l'assister et le secourir en tout ce qu'ils ont peu.

Voyant le passage de la mer fermé, il résolut d'envoyer trois partis de cinq cents homes chacun, l'un passer la rivière de Colme avec des ponts de jonc à un bourg

([1]) Louis de Béthune, comte, puis duc de Charost (en 1672), était capitaine des gardes du corps du roi, gouverneur de Calais, etc. Il mourut en mars 1681, à 76 ans.

([2]) Antoine d'Aumont, pair et maréchal de France, mort en janvier 1669, à 68 ans.

appellé Hondschoote (1), entre Bergues et Furnes, et entrer dans le Furnembac enlever les bestiaux; l'autre passer la petite Colme à Stalemberg entre Bourbourg et Bergues pour aller dans la châtellenie de Cassel, et le troisiesme il l'envoya attaquer une redoute à une demi lieue de Nieuport qui estoit devant une ferme où les ennemis avoient cinquante hommes de garde et les bestiaux des principaux habitans estoient dans ceste ferme.

Tous les trois partis réussirent et amenèrent six cens vaches et deux cens moutons et cinq cens prisonniers. L'on partagea l'argent des prisonniers aux partis et l'on sala les vaches et on les mit dans les magasins. Pour les moutons ils furent partagés esgalemant à deux cens officiers qui estoient dans la place.

Le marquis Sfondrate (2), qui commandoit l'armée d'Espagne, ordonna des forts aux trois endroits où les partis avoient passé et fit avancer des troupes qu'il logea jusques à ce qu'ils fussent en défense. Il y mit trois cens hommes à chacun avec un commandant et dix officiers; à celuy de Hondschoote et de Stalemberg, il y avoit mis quatre pièces de canon.

Le dit d'Estrades fist accomoder dix doubles chaloupes qui portoient cinquante hommes chacune avec deux pièces de canon au bout, et fit embarquer mille hommes qui passèrent la moëre (3) la nuit, qui est un pais inondé qui

(1) Chef-lieu de canton du département du Nord, dans l'arrondissement et à 23 kilomètres de Dunkerque.

(2) Sigismond Sfondrati, marquis de Montafie, chevalier de la toison d'or, lieutenant général de la cavalerie légère, mortellement blessé d'un coup de canon au siége de Gravelines, le 10 mai 1652. Son nom manque dans la *Biographie universelle* et dans la *Nouvelle Biographie générale*.

(3) Sur les *moëres*, voir l'*Histoire de Dunkerque* de V. Derode (p. 24-32).

dure deux lieues et par où des canaux passent qui aboutissent au dit Hondschoote. A la pointe du jour le mestre de camp qu'il avoit commandé fist sa défense avec quatre cens hommes; le dit sieur d'Estrades le soutenoit avec six cens. Le fort fust pris, tout fust tué à la réserve de cent hommes du commandant et de deux officiers. L'on y resta tout le jour. L'on brusla le dedans du fort, l'on fist faire des fourneaux, et l'on fist sauter les retranchemens et démolir les défenses. Quatre cens hommes furent piller deux gros bourgs qui sont dans le Furnembac et amenèrent beaucoup de bestiaux qu'on fist tuer et saler et mettre dans les magasins.

Le lendemain le sieur d'Estrades fist attaquer les deux autres forts qui furent emportés. Le marquis Sfondrate fist avancer des quartiers en ces passages et y firent des camps, de sorte que nos partis ne pouvoient plus passer les rivières ni chercher la subsistance. Le sieur d'Estrades fist sortir de la ville trois mille habitans et chassa les femmes et enfans et toutes les bouches inutiles. Il ne garda que deux religieux dans chaque couvent, fist prendre l'invantaire de tous les vivres qui s'estoient trouvés tant dans les maisons des bourgeois que dans les couvens, les fist porter dans les magasins et fist mettre le prix aux vivres et donna sa promesse à chacun sellon ce qui luy apartenoit.

L'on commança dès le mois de novembre 1651 à retrancher le pain aux soldats. De vingt-quatre onces par jour, on ne leur en donnoit que dix-huit. L'on donnoit quelquefois un pot de biere et de la chair salée selon le travail qu'il y avoit à faire. L'hiver fust fort rude. L'on estoit fort incommodé de bois pour les corps de garde, y en ayant quarante-cinq toutes les nuits qu'on estoit obligé de fournir à cause de la proximitté de l'armée des ennemis.

Une nuit que la tourmente estoit grande, le sieur d'Estrades faisant ronde entendit grand bruit au bord de la mer. Dès la pointe du jour, il vist deux vaisseaux eschoués chargés de charbon d'Escosse. Le dit d'Estrades commanda tout aussi tost trois cens hommes avec des sacs et tous les chariots de la ville et l'on porta le charbon dans les magasins. L'on en fist distribuer à tous les officiers esgalement et il y en eust suffisamment pour les hospitaux et pour les corps de garde pour tout l'hiver.

Le sieur d'Estrades dépêcha divers courriers à la Cour pour représenter au Roy l'estat où il estoit, la disposition de l'armée des ennemis qui l'avoit investi. Il proposoit divers moyens de le délivrer et ne demandoit que quatre vaisseaux de guerre qui estoient au Hâvre, que l'on eust peu esquiper pour cinquante mille livres et prenant le temps qu'il proposoit on eust mis des vivres pour un an dans la place, et l'on eust rafraichi la garnison en renvoyant les malades, ce qui eust donné patience aux autres, voyant le soing qu'on prenoit de les secourir, mais au lieu d'accepter ces propositions, il fust respondu au sieur d'Estrades que le Roy estoit dans l'impuissance de faire ceste avance, qu'il fist du mieux qu'il pourroit, qu'on voyoit bien que le dessein des ennemis estoit de l'attaquer, mais qu'il conservast la place jusques au mois d'avril, qu'on l'asseuroit qu'il seroit secouru par mer et par terre.

Le dit sieur d'Estrades ayant reçeu ceste response, se résolut à mesnager encore davantage les vivres pendant l'hiver, affin de pouvoir donner plus largement aux soldats quand il seroit attaqué au printemps et avoir moyen de faire une plus vigoureuse résistance, il réduisit toute la garnison à seize onces de pain.

Le quinziesme de janvier, Cromwel dépêcha un colonel

de son armée ([1]) qu'il affectionne fort vers le sieur d'Estrades pour luy proposer d'achepter Dunquerque. Il luy offroit quinze cent mille livres payables en quel lieu qu'il voudroit, qu'il luy asseureroit trente mille livres tous les ans en Angleterre et luy promettroit par escrit de ne faire aucun traité avec la France qu'il n'y fust comprins et à touttes les conditions qu'il voudroit.

Le sieur d'Estrades fit appeler le sieur de Vitermont ([2]) qui commandoit les dix compagnies des gardes qui estoient dans Dunquerque, lui dit la proposition de Cromwel et ensuite respondit à ce colonel de dire à Cromwel que la place estoit au Roy, qu'il n'avoit pas la liberté d'en traiter sans le consentement de Sa Magesté, et quant aux offres qu'il luy faisoit d'argent et de revenus en Angleterre, il avoit vescu jusques à présent en sorte de préférer son honneur à tous les biens du monde et qu'il tiendroit la mesme maxime ([3]).

([1]) C'était M. de Fitz-James, colonel des gardes du Protecteur. Voir (p. 103 du t. I de Marchand) la lettre écrite à ce sujet par d'Estrades à Mazarin, le 5 février 1652. Cette lettre, ainsi que la réponse du Cardinal (de Poitiers, le 2 mars 1652, p. 106) ont paru suspectes à M. Bazin (*Histoire de France sous Louis XIII et sous le ministère du cardinal Mazarin*, t. IV, p. 293).

([2]) Nommé M. de Vuitermont dans la lettre de d'Estrades citée à la note précédente. Dans cette lettre, d'Estrades dit qu'avec ce commandant des gardes il fit assembler « les commandants de tous les corps qui sont en garnison à Dunkerque, avec le lieutenant du Roi, » pour leur communiquer la proposition qui lui était faite.

([3]) A la place de ces simples et belles paroles, on lit dans la lettre si justement suspecte à M. Bazin ces lignes invraisemblables (p. 104) : « Je lui répondis que si les troubles et la guerre civile qui étoit en » France ne m'obligeoient pas d'envoyer vers la Reine et V. E., je » l'aurois fait jetter dans la mer, pour m'avoir cru capable de trahir » mon roi, mais que la conjoncture présente m'obligeoit à le retenir » chez moi en attendant la réponse de la Cour. » Faulconnier (*Description historique de Dunkerque*, t. II, p. 7) dit : « Le comte reçut

Le dit colonel ayant sçeu la response du sieur d'Estrades, luy proposa de la part de Cromwel d'en traiter avec le Roy pour le prix de quinze cent mille livres et vouloir lier une amitié estroite avec M. le Cardinal et renouveller l'alliance avec la France. [Comme] les Espagnols trouveroient à redire à ce traité, il viendroit avec dix mille hommes de pied et cent vaisseaux pour leur faire la guerre pourveu que le Roy luy promist de l'assister de trois mille chevaux par Gravelines. Il trouva ceste proposition avantageuse et promit au colonel d'envoyer un courrier exprès au Roy sur ce sujet et luy donner avis de la response. Il dépècha à la Cour le sieur Delas, maréchal de camp et major de Dunquerque (¹). Il trouva le Roy au siége d'Angers (²). Il proposa l'affaire à M. le Cardinal, lequel la proposa au Conseil.

Le sentiment du sieur d'Estrades estoit de ne traiter point avec Cromwel, si le Roy estoit en estat de le secourir, mais que si ses affaires et la guerre civile ne luy permettoient pas de sauver ceste place, qu'il estoit de la dernière importance de la vendre aux Anglois dont infailliblement il s'en ensuivroit une rupture avec les Espagnols,

» mal l'envoié de Cromwel, qui étoit M. de Fitièmes *(sic)*, colonel de » ses gardes, et le menaça de le faire jetter dans la mer, si jamais il » lui proposoit rien de tel.... »

(¹) On lit dans la lettre du 5 février (p. 105) : « M. de *Las*, qui a l'honneur d'être à V. E., et qui sert avec grande capacité et fidélité... » Cet officier appartenait à une famille agenaise qui a fourni plusieurs générations de consuls à la ville d'Agen. Blaise de Monluc (*Commentaires*, édition de Ruble, t. III, p. 117) mentionne, en 1567, un de Las qui était avocat du roi au siége présidial de cette ville. Labenazie (manuscrit déjà cité, t. I, p. 366) dit : « La fortune de M. d'Estrades » a élevé plusieurs personnes d'Agen.... M. de Las de Gayon a eu des » emplois fort considérables dans les armées. »

(²) Au mois de mars 1652, le maréchal d'Hocquincourt soumit Angers, qui avait pris le parti des Frondeurs.

qui estoit le plus grand advantage qui pouvoit arriver au Roy dans la conjoncture presente. Le dit d'Estrades chargea le dit Delas de dire son sentiment à MM. les Ministres, ce qu'il fist.

Ceste affaire fust débatue pandant trois conseils (¹). Il fust enfin résolu que le Roy garderoit la place et le dit sieur Delas fust depêché avec asseurance que dans le commencement d'avril 1652 le Roy secoureroit la place par mer et par terre, ce qui lui fust confirmé par la lettre du Roy et par celle de M. le Cardinal (²).

Le dit d'Estrades eust ordre de faire sçavoir à Cromwel que le Roy estoit en estat de conserver la place et qu'il n'en vouloit pas traiter.

Dès que Cromwel eust la response, il traita avec les Espagnols et promit de les assister d'hommes et de vaisseaux pour le siége de Gravelines et de Dunquerque.

Le dit d'Estrades avoit sa garnison en fort bon estat et forte de quatre mille hommes de pied et de deux cens chevaux. Dès que le mois de mars fust venu, il donna vingt-quatre onces de pain aux soldats, trois fois la semaine de la viande, et les autres jours des pois et des fèves et une pinte de bière à chacun. Il attendoit le siége à toute heure. L'armée des ennemis se mist ensemble le premier d'avril 1652, demeura cinq jours en présence de Dunquerque et l'armée navale d'Espagne à la rade. Il n'y

(¹) Voici le début de la lettre de Mazarin à d'Estrades (p. 106) : « .... Mon sentiment était qu'on acceptât la proposition de Cromwel, » mais M. de Chateauneuf s'y est opposé, et l'a emporté près de la » reine, qui n'a pas voulu y consentir.... »

(²) Mazarin écrivait à d'Estrades (p. 106) : « Tâchez, s'il est possible, » de conserver Dunkerque jusqu'à la fin de mai ; et je vous promets » qu'en cas que vous soyez attaqué, les armées du roi vous secoure- » ront : j'employerai tous mes soins pour faire réussir la pensée que » j'ai sur cela. »

eust point de jour que le sieur d'Estrades ne sortist avec deux mille hommes de pied et deux cens chevaux. Il y eust diverses escarmouches et pour si peu que les ennemis s'escartassent de leur gros, le sieur d'Estrades ne perdoit pas l'occasion de les charger, ce qui réussit heureusement, ayant ramené en plusieurs rencontres plus de deux cens prisonniers.

Le 6 avril, l'armée des ennemis décampa de la veue de Dunquerque et marcha à Gravelines. Le 7, la place fust investie. Le comte de Fuensaldagne laissa seulement mille chevaux et deux mille hommes de pied à un village appelé Verbrau, sur la digue de Dunquerque à Bourbourg, pour empêcher les courses de nos partis vers leur camp et couvrir leurs fourrageurs.

Les ennemis laissèrent aussi un autre corps de mille chevaux et de deux mille hommes de pied à Zacot, un village à une lieue de Dunquerque du costé de Nieuport. Ainsi bien que les ennemis fissent le siége de Gravelines, Dunquerque ne laissoit pas d'estre investi.

Le dit sieur d'Estrades creust estre important d'avertir le Roy, Messieurs le maréchal d'Aumont et comte de Charost de la disposition des troupes des ennemis qui estoient tellement dispersées et séparées de deux rivières, la grande et petite Colme, qu'il estoit aisé de les deffaire avec quatre mille hommes de pied et deux mille chevaux en partant de Béthune passer la Lis à Merville et à la Guergue, et venir à Stalemberg où le dit d'Estrades se fust trouvé avec deux mille cinq cens hommes. Ceste marche se pouvoit faire en deux jours de Béthune.

Le dit d'Estrades trouva deux soldats qui nageoient bien. Il mist deux lettres en chiffres dans des petites boëttes de fer blanc [si] bien soudées que l'eau n'y pouvoit pas entrer, leur fist faire des habits de grosse toile et attacher la boëtte avec une corde et la passer en escharpe sous leur pourpoint. Ils partoient la nuit, le long de la mer. Quand ils rencontroient les patrouilles des ennemis, ils se jettoient à la mer et nageoient et puis ils revenoient à terre, et quand ils estoient près du camp, ils nageoient jusques à ce qu'ils eussent passé Gravelines. Après quoy, il n'y avoit plus de danger et arrivoient à Calais avec facilité. Le dit d'Estrades leur donnoit dix pistoles à chacun à tous les voyages. Ils en ont fait cinq sans mauvais succès. Au sixiesme, ils furent prins et pendus comme espions.

M. le maréchal d'Aumont fust luy mesme proposer le secours et s'offrit de faire toutes les avances pourveu qu'on luy fournit les troupes, ce qui luy fust refusé, le duc de Lorraine estant entré en France [1] et l'armée des Princes estant forte, le Roy ne peust donner des troupes pour ce secours. Le dit d'Estrades fust averti au troisiesme voyage de ses soldats que la proposition ne se pouvoit exécuter, manque de troupes.

Le dit d'Estrades reçeut un billet du sieur de Valibert, lieutenant du Roy de Gravelines, le 10 avril, par un soldat déguisé qui passa par l'armée des ennemis. Le dit Valibert luy escrivoit que la tranchée estoit ouverte, qu'il n'avoit que six cens hommes en estat de porter les armes, qu'il manquoit de vivres, d'armes, de canons, et de charpentiers, et que s'il ne le secouroit qu'il ne sçauroit tenir cinq jours. Le sieur d'Estrades voyant la perte de Gravelines en si peu de temps et par conséquent celle de Dun-

(1) Charles IV, duc de Lorraine, arriva, le dimanche 2 juin, à dix heures du soir, à Paris, pour se joindre aux Frondeurs (*Histoire de la réunion de la Lorraine à la France*, par le comte d'Haussonville, t. II, p. 237).

querque, il se résolut de tenter un secours ([1]) et pour cest effect il trouva à propos de raser le fort Mardick et brusler le fort de bois qui estoit dans la mer, lui estant inutille si Gravelines se perdoit, et en cas qu'on le conservast on pourroit en refaire un autre, ce qui fust executé après en avoir retiré le canon et les munitions, joint que démolissant ces deux forts, cela obligeoit les ennemis à quitter leur quartier de Verbrau sur la digue de Dunquerque à Bourbourg, où ils avoient deux mille hommes de pied et mille chevaux, qui estoit le seul chemin que le secours pouvoit prendre, et qu'indubitablement les ennemis quiteroient ce quartier pour prendre celuy de Mardick, bloquant de plus près Dunquerque et ayant plus de communication à leur armée à cause de l'Estran, et couvroient encore tous leurs convois de Bergues et tous leurs fourrageurs. Toutes ces raisons firent croire au dit sieur d'Estrades que les ennemis lèveroient leur quartier.

Il fist tenir prets quatre cens hommes choisis de toute la garnison avec dix capitaines, dix lieutenans et dix enseignes et trente sergens, dix canonniers et huit charpentiers, douze jeteurs de grenades, commandés par M. de Villiers, capitaine aux gardes, personne d'une valeur extraordinaire et qui fist des actions admirables tant dans la conduite du secours que pendant la défense de Gravelines où il acquit grand honneur ([2]). Il donna ses

([1]) Voir dans la *Gazette* du 26 avril 1652 (p. 409), une relation intitulée : *Le secours jetté dans Gravelines par les soins du sieur d'Estrades, lieutenant général dans les armées du roi et gouverneur de Dunkerque*, etc. On fit de cette relation un tirage à part (8 pages in-4°, Paris, Jacques Bellay), mentionné dans la *Bibliographie des Mazarinades* par M. Moreau (t. III, p. 41, n° 3098), et dans le *Catalogue de la Bibliothèque nationale : Histoire de France* (t. II, p. 152, n° 2465).

([2]) Voir l'éloge du capitaine Villiers dans la *Gazette* du 26 avril 1652,

ordres au sieur de Villiers, luy fournit huit guides qui estoient des meilleurs soldats qui mènent des partis et le fist sortir de la place dans le mesme temps qu'un parti de cavalerie, que le sieur d'Estrades avoit envoié vers ce quartier de Verbrau, luy rapporta que les ennemis avoient chargé leur bagage et commençoient à marcher vers Mardick.

Le sieur d'Estrades fist commander quinze cens hommes de pied et sortir avec six pièces de canon de six livres et sortit luy mesme à la faveur des dunes jusques à moitié chemin de Mardick pour attirer tout à fait l'infanterie et la cavalerie des ennemis et l'amuser en escarmouchant jusques à ce que le sieur de Villiers eust passé, ce qui réussit ainsi que le dit d'Estrades l'avoit projeté. Dès que les ennemis se virent à demi-lieue de Dunquerque, ils firent avancer tout leur quartier. Le dit d'Estrades avoit posté quatre cens hommes sur deux dunes fort eslevées, deux cens à chacune et les six pièces de canon sur une autre dune moins avancée que ces deux là, de sorte que les ennemis s'approchant, ils perdirent plus de cent hommes de coups de canon et de mousquet. La nuit commençoit de venir. Le dit d'Estrades jugea à propos pour les amuser plus long temps de se retirer de dune en dune, faisant ferme plusieurs fois et bien souvent reprenant les dunes qu'il avoit quittées, et en chassant les ennemis. Le tout se passa à souhait. Il estoit dix heures du soir quand le sieur d'Estrades arriva à Dunquerque, et les ennemis n'arrivèrent à Mardick qu'à minuit et leur quartier ne fust marqué qu'au jour. Ainsi

p. 615. Montglat l'appelle Villers-Courtin (*Mémoires*, t. III, p. 318, 319). Tallemant des Réaux en a parlé deux fois (*Historiettes*, t. VI. p. 388, 397). M. P. Paris nous apprend que Charles Courtin, sieur de Villiers, devint plus tard gouverneur de Gravelines.

le sieur de Villiers passa à Verbrau sans rancontrer personne. Il arriva à minuit près du quartier de l'Archiduc (1), à une barrière où il y a un pont. La sentinelle arresta deux officiers et dix soldats qu'il avoit envoyés devant. L'officier luy dit en wallon qu'il estoit officier du gouverneur de Bourbourg et qu'il estoit venu chercher son régiment qui devoit entrer à la tranchée. La sentinelle le laissant approcher, le creust et ouvrit la barrière. Ils s'en saisirent et de la sentinelle aussi; le tout passa. Le corps de garde entendant du bruit prit les armes. Il y avoit cent hommes de pied et cinquante chevaux. Le pais étant coupé de fossés, la cavalerie ne peust s'avancer. Pour l'infanterie, M. de Villiers la repoussa avec des gens commandés et chemina tousjours estant au milieu des quartiers des ennemis. Le dit sieur de Villiers arriva à la dernière garde des ennemis à un quart de lieue de Gravelines sur un pont retranché. Il les attaqua le premier l'espée à la main et les deffist et arriva à la pointe du jour sur la contrescarpe de Gravelines. Il fist faire tout aussitost le signal de trois feux sur la tour de Gravelines ainsi que nous estions convenus en partant pour me donner avis de son arrivée. Il fist ceste nuit là sept lieues où il y en a trois dans des marais et fust toujours à pied comme les soldats. Tout entra dans la place à la réserve de quinze qui furent tués.

Le dit sieur d'Estrades sortist plusieurs fois avec sa garnison et deffist deux grands convois des ennemis. Il prit quatre bateaux chargés de boulets, pain et munitions de guerre, douze officiers d'artillerie et le commissaire général de l'armée, avec sept capitaines et plusieurs soldats. Ceste perte retarda leurs batteries de huit jours.

1. Léopold, archiduc d'Autriche, fils de l'empereur Ferdinand II et frère de l'empereur Ferdinand III.

Le sieur de Villiers demanda à défendre l'attaque qui estoit la plus avancée et après avoir fait reposer un jour les troupes qu'il avoit menées, il fist une sortie où il nettoya toute la tranchée et regagna autant de terrain que les ennemis avoient lorsqu'il arriva et les réduisit à quitter ceste attaque, comme il vist que de l'autre costé les ennemis s'avançoient fort, il y alla avec ses troupes; il le défendit avec opiniatreté l'espace de quinze jours. Il y fust blessé deux fois assez légèrement. Il y perdit cinq capitaines, quatre lieutenans et cent cinquante soldats et le reste fort harassé. Ils n'avoient pas de nourriture. Le blé manquoit. Ils ne beuvoient que de l'eau et n'avoient point d'armes pour renouveller celles qui se rompoient pendant le siége. Il ne s'est jamais veu une place dépourveue de toutes choses comme celle là, et la seule résistance de M. de Villiers fist durer la place jusques à la fin d'avril qui eust été perdue dès le 15 du dit avril (1).

Gravelines estant prins, toute l'armée des ennemis commandée par l'Archiduc Léopold et le comte de Fuensaldagne après avoir rasé les tranchées, marcha et passa la rivière de Colme à la veue de Dunquerque sur trois ponts. L'infanterie passa sur une colonne, l'Archiduc à la teste, et tous les officiers généraux; sur une autre colonne estoit la cavalerie et le Prince de Ligne, général de la cavalerie (2) à la teste; les charriots, canon et bagage passa sur le pont plus proche de la ville de Bergues, le tout en mesme temps en fort bon ordre et par trois chemins différents. Partie de l'infanterie print

(1) Ce ne fut que le 18 du mois de mai que les Espagnols s'emparèrent de Gravelines (*Art de vérifier les dates*).

(2) Claude de Lamoral, prince de Ligne, mort à Madrid en décembre 1679.

ses quartiers sur le canal de Bergues, sur celuy de Furnes et du costé de Mardick. La cavalerie se détacha aussi par escadrons et se campa dans les intervalles des quartiers de l'infanterie où il y avoit quelques villages. L'armée resta en bataille toute ceste journée qui fust le 5 de may 1652. Le lendemain, les soldats furent au bois pour se hutter et la cavalerie au fourrage. L'Archiduc et les officiers généraux se logèrent à la ville de Bergues qui n'est qu'à une lieue de Dunquerque. Tous les vaisseaux ennemis qui estoient devant Gravelines joignirent ceux qui estoient devant Dunquerque.

Ce mesme jour, le sieur de Boisselot, capitaine aux gardes ([1]), entra dans la place avec deux guides, passa trois rivières sans sçavoir nager, s'estant mis une corde au travers du corps et se faisant tirer par ses guides. Il passa la rivière d'Aa, la grande Colme et la petite Colme, et ensuite fust arresté par les ennemis. Il se dit cavalier démonté de l'armée du duc de Lorraine et se jetta la nuit proche d'un corps de garde avancé de Dunquerque. Le sieur de Boisselot apporta des dépêches du Roy et de M. le Cardinal au sieur d'Estrades par où on luy donnoit le pouvoir de conclure le traité de Dunquerque avec Cromwel aux conditions qu'il avoit proposées. Bien que le sieur d'Estrades sçeust que Cromwel estoit engagé avec les Espagnols, il ne laissa pas de mesnager un marchand Anglois demeurant à Dunquerque, à qui il avoit fait plaisir en plusieurs rencontres de l'obliger de demander un passeport à l'Archiduc pour se retirer par Ostende en Angleterre, et comme il avoit tousjours cognu cest homme avoir de la recognoissance, le dit d'Estrades luy

(1) Sur l'intrépide Boisselot, voir les *Mémoires* de Montglat (t. III, p. 317-318).

confia la nécessité où il estoit de vivres et de grain; que s'il vouloit, estant à Ostende, luy envoyer mille septiers de blé ou d'orge avec quatre petits bateaux le long de la coste où les ennemis ne font nulle garde, il luy donneroit dès à présent sa promesse de payer vingt sols par septier plus qu'il ne coutoit et luy donner cent pistoles par dessus le prix et, oultre cela, luy payer le tout en cas qu'il fust prins par les ennemis. Il le pria, oultre cela, de passer en Angleterre et porter une lettre de sa part au colonel Fitz-James qui est celuy que Cromwel avoit envoyé au sieur d'Estrades. Ce marchand luy promist de le faire et mesmes de retirer la response. Le dit d'Estrades n'ayant point d'argent, luy donna un diamant de cinq cents escus. Il envoya son trompette à l'Archiduc demander passeport pour cest homme. Il luy accorda et il partist le lendemain 17 may 1652 et l'asseura qu'il sçauroit bientost de ses nouvelles.

Cependant les ennemis se huttèrent et campèrent pour bloquer la place par famine. Leur plus proche quartier estoit à demi lieue de la place. Le dit sieur d'Estrades fist une reveue exacte des vivres et trouva qu'en donnant vingt-quatre onces de pain, il n'y avoit de blé et d'orge qu'on mesloit ensemble que jusques au 15 de juillet. Cela l'obligea à remettre le pain à seize onces, ce qui fist beaucoup crier les soldats et mesmes il y eust trente officiers de quelques régimans qui représentèrent l'intérèt des soldats. Le sieur d'Estrades leur fist cognoistre le plus doucement qu'il peust que le service du Roy requéroit ce retranchement, que c'estoit pour leur faire acquérir plus d'honneur et qu'il devoit espérer de leur zèle et de leur expérience ce conseil, quand il ne l'auroit pas prins de luy mesme. Ils s'en retournèrent satisfaits de la manière dont le dit d'Estrades leur parla et avec quelque confusion d'avoir porté ceste parole. Le lendemain, il fist donner demi livre de tabac aux soldats. Il y en eust deux cens qui s'assemblèrent, firent un feu au milieu de la place, et bruslèrent le tabac et demandoient qu'on ne leur retranchast pas de pain. Le dit d'Estrades en estant averti, s'en alla à la place avec ses gardes, accompagné de plusieurs officiers, fist prendre trente des plus séditieux, les fist mestre en prison. Le reste se dissipa et tous les officiers y tinrent la main et particulièrement ceux qui avoient parlé au dit d'Estrades le jour auparavant. Les maladies commencèrent à devenir grandes; du flux de sang il y eust sept cens malades à l'hospital en huit jours. Comme l'on n'avoit pas de quoy les assister, il en mourust beaucoup.

Les ennemis jetèrent des billets la nuit dans les contrescarpes par où ils promettoient de donner dix escus aux Suisses et passeport pour s'en retourner dans leur pais, et aux François six escus et passeport pour aller dans l'armée des Princes. Quelle diligence dont se peust servir le sieur d'Estrades, il ne peust esvitter la désertion des soldats à cause qu'il estoit obligé de les mestre dans les dehors, craignant que la nuit les ennemis n'y fissent une insulte, et le lendemain le sieur d'Estrades trouvoit les postes abandonnés. Les corps de garde entiers s'estoient allés rendre aux ennemis. Il perdit en quinze jours dix sept cens hommes. Cependent les soldats prisonniers qui avoient fait ceste sédition demandoient grâce et promettoient de bien servir. Leurs camarades employoient leurs officiers qui en parloient au sieur d'Estrades avec respect. Il les envoya chercher à la prison, et en présence de la garnison, il leur dit qu'il leur pardonnoit à la prière de ses officiers et à celle de leurs camarades qui estoient présents, à condition qu'ils iroient avec un parti qu'il envoyoit attaquer une garde de cavalerie de cinquante chevaux et de cent hommes de pied, qu'il avoit descouvert que les ennemis avançoient la nuit proche de la place et trop esloignée de leur camp. Ils receurent ceste proposition avec joye. Il fist sortir la nuit deux cens hommes de pied et cinquante chevaux qui furent couper ceste garde entre le camp et eux. Ils l'attaquèrent et la défirent et amenèrent plusieurs prisonniers. Les trente qui estoient sortis de prison firent des merveilles et demandèrent à être commandés des premiers.

Le premier de juin, il fist donner dix-huit onces de pain d'orge parce que il réservoit le seigle pour les malades. Il ne restoit plus que quinze cens hommes en estat de servir de quatre mille que le dit d'Estrades avoit au mois d'avril, et le mal alloit si fort augmentant, que soit qu'il y eust du venin ou que les corps estoient affaiblis de mauvaise nourriture, il y en eust grand nombre qui mouroient le mesme jour qu'ils tomboient malades.

Le 4 de juin, le marchand Anglois luy envoya trois petits bateaux où il y avoit cinq cens septiers d'orge avec dix moutons que le dit d'Estrades réserva pour les officiers malades. Il y en avoit trente fort mal. Les bateaux vinrent eschouer la nuit contre la place sans que les vaisseaux ennemis les en peussent empêcher, à cause que la mer estoit basse. Il receust aussi la response du colonel qui luy mandoit que Cromwel avoit traité avec l'Espagne après le refus que le Roy avoit fait de sa proposition, et qu'il n'y avoit plus rien à faire là dessus. Le marchand luy escrivoit que les Anglois retiroient leurs vaisseaux d'avec les Espagnols, qu'ils avoient déclaré la guerre aux Hollandois, et que Cromwel feroit partir toute la flotte au 15 de juin pour aller à la mer du Nord combattre la flotte de la pêche du hareng et qu'ils seroïent occupés jusques à la fin d'aoust à la mer du Nord et qu'il ne resteroit en tout que dix vaisseaux aux Espagnols fort mal esquipés pour empêcher le secours de Dunquerque.

Sur cest avis, le sieur d'Estrades se résolut de dépêcher à la Cour le sieur de Boisselot, capitaine aux gardes, pour représenter l'extrémité où il estoit de demander des vaisseaux pour le secourir, veu la facilité qu'il y avoit par l'esloignement de la flotte d'Angleterre, et pour faciliter le passage du sieur Boisselot, le dit sieur d'Estrades envoya chercher des charpentiers et fist faire en trois jours un bateau à mestre cinq hommes, quatre rameurs et le sieur de Boisselot, et parce que les vaisseaux des ennemis estoient à l'entrée du canal qu'il auroit esté impossible de sortir sans estre pris, le sieur d'Estrades fist mestre ce bateau sur un charriot, et quand il fust nuit, il l'escorta luy mesme avec cinq cens hommes de pied entre le fort de Mardick et l'entrée du hâvre où il n'y avoit persoune. L'on deschargea le bateau au lieu où il y avoit suffisamment de l'eau, et les quatre rameurs firent si bien leur devoir, que le lendemain matin, le sieur de Boisselot arriva à Calais, et le 20 de juin, à la Cour. Il pressa fort pour ce secours. Outre le service du Roy, il est fort des amis du sieur d'Estrades. M. le Cardinal l'envoya à Nantes pour proposer à M. de Vandosme (1) d'entreprandre ce secours, à quoy il ne voulust pas entendre et s'en alla à l'isle de Ré où il combatit les vaisseaux d'Espagne qui se retirèrent dans la rivière de Bordeaux.

Cependant le sieur d'Estrades se voyoit périr tous les jours sans espérance de secours, quelle diligence qu'il

(1) César, duc de Vendôme, surintendant général de la navigation depuis le 12 mai 1650.

eust faite pour en ouvrir les moyens. Les mois de juin, de juillet, se passèrent, où il eust beaucoup de peine à faire patienter ses soldats. Il leur donnoit des espérances de secours, tantost en supposant des lettres qui luy estoient arrivées, tantost en gagnant quelques officiers qui débitoient que l'armée du Roy estoit dans le pais reconquis et les vaisseaux à Dieppe. Il occupa aussi la garnison à faire la récolte. Les ennemis entreprirent d'empêcher qu'on ne coupast les blés qui estoient à la portée du canon de la place. Le sieur d'Estrades sortit avec quatre pièces de canon, cinq cens hommes de pied, et cinq cens qui coupent les blés et des bateaux sur les rivières pour charger les gerbes à mesure qu'elles estoient faites. L'on fist la moisson l'espace de huit jours, et l'on en retira deux cens septiers de seigle. Le sieur d'Estrades réduisit les soldats à douze onces de pain d'orge depuis le premier aoust jusques au 24 du même mois. Les maladies estoient si grandes que le dit sieur d'Estrades faisant une reveue ne sçeust trouver six cens hommes sous les armes.

Deux sergens s'estant allés rendre, dirent aux ennemis l'estat de la garnison et la nécessité où ils estoient, ce qui fist résoudre l'Archiduc d'attaquer la place de forse en quatre attaques. Il ouvrit la tranchée le 26 aoust. Comme le sieur d'Estrades n'estoit pas assez fort pour occuper les hauteurs qui sont aux environs de la place tant du costé du hâvre que de celuy de Nieuport, les ennemis se saisirent des dites hauteurs et nous incommodoient fort dans les dehors et mesme sur le rempart. Le septiesme jour qu'ils eurent ouvert la tranchée, ils attaquèrent la contrescarpe par quatre mille hommes. Le sieur d'Estrades n'avoit que trois cens hommes pour la défendre et cinquante bons hommes la pluspart officiers qu'il avoit armés de cuirasses et hallebardes pour en faire un corps de réserve en cas de nécessité.

Après une longue résistance, la contrescarpe fust emportée, six capitaines et cent soldats tués. Le sieur d'Estrades sortit d'un ravelin à la teste de ses cinquante hommes, chargea les ennemis avec tant de vigueur qu'il les chassa de la contrescarpe, en tua plusieurs sur la place. Les ennemis firent une seconde charge, à quoy le sieur d'Estrades s'opposa avec son corps de réserve qui n'estoit plus que de trente hommes, vingt ayant esté tués ou mis hors de combat. Il repoussa les ennemis et empècha qu'ils ne se logeassent dans la contrescarpe. Le dit d'Estrades fust blessé dans ceste dernière rencontre d'un coup de mousquet à la cuisse. La balle s'aplatit contre l'os. Il tomba du coup et on l'emporta. Les ennemis ne tentèrent plus aucune attaque.

Le lendemain, l'on osta la balle au sieur d'Estrades et la fièvre le prist. Sur le soir, il fust averti qu'il y avoit des soldats qui avoient résolu de livrer la place par l'endroit où ils estoient de garde. Le sieur d'Estrades se fist porter dans une chaise à la tranchée, fist prendre par soupçon un sergent de son régiment qui estoit marié à Dunquerque et l'envoya en prison. Un autre sergent voyant son camarade prins se voulust sauver. Le sieur d'Estrades le fist prendre. Ils furent interrogés sur l'heure. Ils avouèrent qu'ils avoient le consentement de cent soldats pour livrer la place ceste mesme nuit, et que pour cest effect à la pointe du jour les ennemis devoient faire une attaque de ce costé là. Le sieur d'Estrades fist changer la garde, et la redoubler, et on jugea à mort les deux sergens qui furent exécutez le matin et pendus sur le rempart.

Dès la pointe du jour, les ennemis firent leur attaque,

mais ils furent repoussés avec vigueur et cogneurent bien que leur intelligence estoit descouverte. La fièvre redoubla au sieur d'Estrades par la fatigue de la nuit et la cangrène [1] se mist à sa playe. Il fust fort mal. Tous les officiers du régiment des gardes et des autres corps s'assemblèrent et luy représentèrent qu'ils n'avoient pas deux cens hommes en estat de défense, la pluspart estant tués, malades ou si exténués de la fatigue et du peu de nourriture qu'ils n'avoient pas la force de se soutenir. C'estoit le 8 de septembre. Comme le sieur d'Estrades eust bien concerté et examiné avec tous les officiers les raisons qu'ils luy alléguoient et que, de plus, il n'avoit du pain d'orge que jusques au 18 de septembre, il résolut de ménager le temps jusques là et conserver tous les dehors affin de recevoir le secours par mer en cas qu'il vint, ce qui estoit facile, la mer venant battre à touttes les marées contre le glacis de la contrescarpe. Ainsi nous estions maistres du canal, ce qui n'eust pas esté si nous eussions perdu la dite contrescarpe, laquelle nous ne pouvions plus conserver faute d'hommes. C'est ce qui obligea le sieur d'Estrades d'envoyer, le neuf de septembre, un tambour pour demander à traiter. L'Archiduc respondit qu'on envoyast des ostages de part et d'autre. Le dit d'Estrades envoya le sieur d'Ervilliers, capitaine aux gardes, et le sieur Delas, major de Dunquerque, et de la part de l'Archiduc il vint un lieutenant colonel et un capitaine espagnols. Les demandes du sieur d'Estrades furent d'avoir douze jours de temps pour avertir le Roy

(1) C'était la prononciation la plus reçue au XVIIe siècle. Il faut faut prononcer *cangrène*, disent Marg. Buffet, *Observat.*, et Chifflet, *Gramm.*, cités par M Littré *(Dictionnaire de la langue française)*. Le savant philologue reproche à l'Académie d'avoir déclaré que l'on prononce encore *cangrene*.

de l'estat où il estoit, de donner passeport pour aller et revenir aux sieurs d'Ervilliers et Rouvre, capitaines aux gardes, l'un pour aller trouver Sa Majesté et luy rendre compte de tout, et l'autre pour aller vers M. le Maréchal d'Aumont, général d'armée, luy rendre compte pareillement de l'estat de la place, et que si dans les douze jours, il n'estoit secouru par mer ou par terre, que le dit d'Estrades rendroit la place à M. l'Archiduc, moyennant qu'il sortiroit avec les armes, bagages, tambour battant, la mèche allumée par les deux bouts, quatre pièces de canon de fonte de 24 livres, six charriots chargés de munitions, que tous les habitans françois auroient un an pour vendre leurs biens, que ceux qui estoient de Dunquerque pourroient aussi vendre leurs biens et venir en France, que tous les soldats sujets du roy d'Espagne estant en service dans nos troupes, auroient la liberté de demeurer sans pouvoir estre inquiétés, que tous les travaux cesseroient de part et d'autre, et que chacun demeureroit dans ses postes sans qu'il fust permis de travailler, que le dit d'Estrades iroit à Calais par le plus court chemin avec toute la garnison, bagages et canon et qu'il luy seroit donné escorte suffisante jusques à Calais, à sept lieues du dit Dunquerque, qu'il ne se feroit aucun acte d'hostilité de part ni d'autre, et que ce qui seroit arresté par M. l'Archiduc et le sieur d'Estrades seroit ponctuellement observé.

Le tout fust accordé par M. l'Archiduc à la réserve de douze jours, le dit Archiduc n'en ayant voulu donner que huit, ce que le sieur d'Estrades accepta, n'ayant plus de pain, estant obligé pour mesnager ce temps là, de ne donner que six onces de pain d'orge aux soldats (1).

(1) Voir les *Articles de la capitulation accordée par Son Altesse Séré-*

Les sieurs d'Ervilliers et du Rouvre, capitaines aux gardes, partirent de Dunquerque avec les passeports de l'Archiduc le dixiesme de septembre 1652. Ils arrivèrent le mesme jour à Bologne où estoit le maréchal d'Aumont qui avoit préparé quatre cens vaches, trois cens pièces de vin, trois mille septiers de blé et dix huit cens hommes de pied. M. le comte de Charost faisoit aussi embarquer quantité de vivres.

Le dit sieur maréchal d'Aumont apprit à ces Messieurs ci-dessus nommés que M. de Vandosme estoit à Dieppe avec dix huit vaisseaux. Il leur donna des chevaux pour l'aller trouver et le presser de partir, et le dit maréchal luy escrivit qu'il trouveroit l'infanterie et les vivres tous embarqués et qu'ainsi ils pourroient faire voile droit à Dunquerque.

MM. d'Ervilliers et du Rouvre arrivèrent à Dieppe le 12 septembre au matin, rendirent compte à M. de Vandosme de l'estat de la place, des diligences de MM. les maréchaux d'Aumont et comte de Charost, et le prièrent de faire partir ses vaisseaux. Il en commanda dix sous le commandement du sieur de Menilliet, vice-admiral, et partirent le mesme jour sur le midi. Ils arrivèrent le 13 septembre devant Calais. Toutes les barques sortirent tant de Boulogne que de Calais et le vent estoit nord'ouest qui est le meilleur pour entrer dans le hâvre de Dunquerque, et la lune esclairoit toute la nuit, et la marée se trouvoit aussi haute depuis minuit jusques au matin, qui est tout ce que le sieur d'Estrades pouvoit souhaiter.

Il fist mettre les meilleurs hommes de sa garnison et les officiers mesmes, toutes les nuits, sur les armes dans

nissime au sieur d'Estrades lieutenant général des armées du roi tres chrestien, pour la reddition de la ville de Dunkerque, dans la *Gazette* (p. 901-907), dans l'ouvrage de Faulconnier (t. II, p. 8-10), etc.

les contrescarpes qui bordoient la mer pour recevoir le secours avec plus de facilité. Le 19 septembre, les vaisseaux ennemis quittèrent la rade de Dunquerque, et se retirèrent à celle de Gravelines qui est couverte de deux grands bancs de difficile accès. Cela fist juger au sieur d'Estrades que l'armée navale des ennemis ne se sentoit pas assez forte pour résister à la nostre. Il sçeust de plus par des officiers des ennemis que tout leur bagage estoit chargé pour partir et qu'ils ne doutoient pas que la place ne fust secourue la nuit du 14 au 15 septembre. Le sieur d'Estrades, quoyque fort incommodé de sa blessure, se fist porter dans une chaise sur le rempart où il demeura toute la nuit. Il entendit quantité de coups de canon, et le matin il sçeust que les Anglois avec quarante vaisseaux avoient attaqué les nostres et prins les dix navires de guerre (1). Les barques où estoient les vivres de l'infanterie se retirèrent le long de la coste à Calais.

Le sieur du Rouvre arriva le 16 septembre qui confirma le tout au sieur d'Estrades. Il sortit de Dunquerque le 18 de septembre (2) à dix heures du matin, ainsi qu'il estoit porté par la capitulation, qui fust ponctuellement observée.

M. l'Archiduc envoya visiter le sieur d'Estrades par son gentilhomme de la Chambre et luy fit de grandes civilités et luy envoya son carrosse pour le conduire jusques à Calais.

Comme il fust à demi lieue de Dunquerque, M. l'Archiduc le vint visiter luy mesme, luy tesmoigna estre faché de sa blessure et le loua fort de tout ce qu'il avoit

(1) Voir Montglat (t. III, p. 322), Faulconnier (t. II, p. 7 et 8), Bazin (t. IV, p. 294), etc.

(2) Montglat, *l'Art de vérifier les dates*, Bazin, etc., indiquent à tort le 16 septembre.

fait dans la défense de la place et mesmes dans le temps qu'il avoit menagé du traité.

Le sieur d'Estrades sortit de Dunquerque avec sept cens hommes tant sains que malades. Il luy en mourut deux cens à une lieue de Dunquerque qui n'eurent pas la force de cheminer. Le dit d'Estrades amena six des principaux habitans de Dunquerque à Calais pour recevoir l'argent de tous les blés et autres vivres qu'il avoit prins pendant le siége. Il satisfist aussi à ce qu'il avoit promis à ce marchand Anglois, et les renvoya à Dunquerque avec de bons passeports.

L'on voit la perte de Dunquerque pour n'avoir pas donné cinquante mille livres pour armer les quatre vaisseaux qui estoient au Hâvre, pour n'avoir pas profité de l'avis que le sieur d'Estrades avoit donné d'envoyer le secours pendant les mois de juillet et aoust, et ils en furent avertis à la Cour au mois de juin par M. de Boisselot. L'armée navale d'Angleterre n'arriva de la mer du Nord aux Dunes que le 8 de septembre, ainsi la perte du temps fust celle de la place, laquelle estoit si considérable que le sieur d'Estrades avec sa garnison occupoit une armée de dix mille hommes aux ennemis. Le sieur d'Estrades doit rendre ce tesmoignage à tous les officiers qu'ils ont eu une patience extraordinaire à souffrir toutes les incommodités du siége, qu'ils sont allés au devant de tout ce qui estoit nécessaire pour le service et qui leur estoit proposé par le sieur d'Estrades, MM. de Vilermont, qui commandoit les gardes, d'Ervilliers, Nancré, Vautourneus, Rouvre et Verderonne, capitaines [1], y ont

[1] Sur ces divers capitaines, je ne trouve presque rien dans les Mémoires du temps. Pour Vautourneus seulement je puis reproduire un témoignage d'un contemporain, témoignage qui est bien d'accord avec celui de d'Estrades. Bussy-Rabutin dit, dans ses *Mémoires*, sous

agi avec grand cœur et chaleur, pour contenir les soldats dans leur devoir, et contribuoient de leurs soings à les remestre quand ils s'en esloignoient. Les officiers des autres corps suivoient leurs exemples et personne ne murmura que la seule fois que j'ay marquée cy dessus.

Dunquerque fust investi par mer et par terre le 5 septembre 1651, et fust prins le 18 septembre 1652.

la date du 15 août 1655 (t. I, p. 436) : « Le même jour, Montpesat » ouvrait la tranchée devant Condé deça l'Escaut, avec le premier » bataillon des gardes. Les ennemis firent une grande sortie et furent » battus; mais le chevalier de Raré et Vautourneux, capitaines aux » gardes, et Missery, lieutenant, y furent tués, qui étaient tous trois » de braves et honnêtes gens. » Quant à Nancré, était-ce le même que ce comte de Nancré qui fut lieutenant général des armées du roi, qui obtint le gouvernement de Longwi (décembre 1678) et le gouvernement d'Arras (avril 1679)?

LETTRES INÉDITES

DU COMTE D'ESTRADES

AU CARDINAL MAZARIN

I

MONSEIGNEUR [1],

M. Delas [2] vient d'arriver et je me dispose à partir dans deux jours pour aller trouver M. de Vandosme suivant ce que V. E. m'ordonne. Je luy suis infinimant obligé de touttes les bontés qu'elle me tesmoigne dont le sieur Delas m'a pleinement informé, aussi se peust-elle asseurer que je n'ay ni bien ni vie que je ne sacrifie en tous rencontres pour son service.

Dès que je sçaurai que M. Colbert [3] sera arrivé, je reviendré le trouver pour règler touttes choses suivant les intentions de V. E. lesquelles je suivré très ponctuelemant, comme estant

Monseigneur, de V. E.

le très humble, très obéissant et très fidelle serviteur,

D'ESTRADES.

13 juin 1653.

P.-S. — Je prans trop d'intérest à tout ce qui touche V E.

(1) Archives nationales, KK 1220, p. 213

(2) Le même qui a été plusieurs fois mentionné dans la *Relation de la défense de Dunkerque*.

(3) Jean Baptiste Colbert, le futur ministre, était alors un jeune homme de trente-quatre ans, chargé des affaires particulières du cardinal Mazarin

pour luy conseiller de se deffere jamais de Brouage et de ses gouvernemans. Il n'y a rien en France qui les puisse esgualler, et elle les doit considérer comme sa maison particulière et dont elle peust tirer des sommes très considérables en sept ou huit lieues de pais sans y estre choqué ni par un corps de noblesse, ni par des estats, ni par un parlement, ainsi que cella peust arriver aux lieux qu'on luy propose d'eschanger. Il me semble que V. E. fait assez d'honneur d'agréer ceux qui entrent dans son alliance et leur conserver les charges et dignittés qu'ils ont dans leur maison, sans se dépouiller et se mettre en estat de dépandre d'eux. J'ay esté surprins de voir que M. de Candalle (1) aye esté capable de recevoir les impressions que MM. de Marin (2), Tracy (3) et Mercinville (4) luy ont donné contre moy après les tesmoignages d'affection et d'estime que j'ay reçeues de luy. V. E. se peust asseurer qu'en toutes choses je reguarderai sa satisfaction et le service du Roy. M. Delas m'a dit que dans les rangs des capitenes de Brouage on mettoit M. Damartin devant M. Du Bernet. Elle me permettra de luy dire que le sieur Du Bernet est gentilhomme de condition, qu'il estoit capitene devant que l'autre portast les armes et que je crois qu'elle fera une chose juste de donner rang à la compagnie de M. Du Bernet devant celle du sieur Dammartin. L'officier qui estoit à Bruxelles s'est embarqué en Zellande pour me venir trouver. Il me mande que M. le Prince ne peust rien

(1) Louis-Charles-Gaston de Nogaret, duc de Candalle, avait succédé (16 septembre 1652) au comte d'Harcourt, comme commandant de l'armée de Guyenne; il devait mourir à 31 ans, le 28 janvier 1658.

(2) Marin de Sainte-Colombe, maréchal de camp, qui, après s'être distingué dans les guerres de Catalogne, se distingua dans les guerres de la Fronde.

(3) Pierre de Pellevé, baron de Tracy, que l'on trouve, dès 1647, commissaire général dans l'armée d'Allemagne et maréchal de camp. Voir une note de M. C. Moreau, à la page 355 de son édition de l'*Histoire de la guerre de Guyenne*, par Balthazar (Bibliothèque elzévirienne).

(4) Charles de Montiers, comte de Merinville, mort lieutenant général et gouverneur de Narbonne en 1689.

obtenir des Espagnols et que dans la Cour de l'Archiduc on tient ses affaires en très mauvès estat par le peu d'argent que les Espagnols luy peuvent donner.

II

MONSEIGNEUR [1],

Je ne sçaurois avoir le temps de mander à V. E. le destail de toutte la conversation que j'ay eu avec M. de Candalle. Je la supplie seulement de retarder pour quelque temps la résolution de tretter de Brouage avec M. le maréchal de la Mellierée [2] et d'attandre que M. Delas soit arrivé auprès d'elle qui partira soudain après la prise de Bourg. L'on doit ouvrir la tranchée aujourd'huy où tout ce qui est nécessaire pour la tranchée manque. Nous n'avons ni outils ni chevaux et quand le canon est arrivé il fault attandre de deux jours entiers pour avoir des boulets. Je ne sçaurois pas mieux représanter l'estat où nous somes qu'en vous supliant de vous souvenir du siége de Bar. Comme l'on a résolu d'attaquer la place avec vigueur, je crois qu'elle ne durera pas plus de quatre jours [3]. On ne peust songer de mestre Bordeaux à la raison qu'en prenant Bourg parce que l'on leur donne tousjours espérance de secours par l'arrivée de l'armée navalle d'Espagne, qui estant postée à Bourg et à l'isle de Casau [4] assiègera la nostre dans la rivière dans les lieux estroits où elle s'est postée. Je n'ay jamais veu personne avoir de plus beaux santiments que M. de Candalle. Il n'a besoin que d'estre aidé et d'avoir des persones près de luy qui le soulagent. L'on luy a escrit de Paris que le tretté de Brouage estoit fait avec M. de la Mellierée et mesmes M. de

(1) Archives nationales, KK 1220, p. 253.

(2) Charles de la Porte, duc de la Meilleraye, maréchal de France, mort en 1664.

(3) D'Estrades avait deviné juste, à un jour près.

(4) Ile située dans la Gironde, au-dessous du Bec-d'Ambès

Vandosme a reçeu deux lettres de Nantes et une de Madame de Vandosme ([1]) que la chose estoit arestée. Je les ay asseurés que cella n'estoit pas. Je suis obligé de finir pour aller donner ordre à l'attaque de M. de Vandosme et à la mienne et la suplie de croire que je suis très véritablemant

Monseigneur, de V. E.

le très humble, très obéissant et très fidelle serviteur,

D'ESTRADES.

Au camp devant Bourg ce 28 juin (1653) ([2]).

III

MONSEIGNEUR ([3]),

M. Delas randra conte à V. E. de tout ce qui s'est passé pendant le siège de Bourg ([4]), et de ce que je crois que l'on peust faire dans la conjoncture présante, sur quoy MM. de Vandosme et de Candalle attendront ses ordres. Je pars demain avec la cavalerie et six cens hommes de pied pour aller investir Libourne. Les ennemis y ont peu mettre touttes les troupes qu'ils ont voulu ayant un quartier de deux cens chevaux et douze cens hommes de pied à une lieue du dit Libourne, mais quoy qu'il y aye dedans, à présant que nous avons Bourg, cela n'empêchera pas que M. de Vandosme ne l'attaque. Je le trouve très bien intentioné et j'ay grand sujet de me louer de luy. Je ne sçaurois assez dire à V. E. les bonnes qualittés de M. de Candalle et les beaux santimans

([1]) Françoise de Lorraine, duchesse de Mercœur.

([2]) Entre les deux lettres que l'on vient de lire se placerait, si elle n'était inexactement datée, une lettre que l'on trouve dans le Recueil de Marchand (t. I, p. 108), et qui aurait été écrite « du camp près de Libourne, le 24 juin 1653. » D'Estrades n'alla devant Libourne que dans les premiers jours de juillet.

([3]) Archives nationales, KK 1219, p. 411.

([4]) La tranchée avait été ouverte devant Bourg le 29 juin. Un officier espagnol, don Joseph Ozorio, « qui y commandoit, se défendit très mal et se

qu'il a. J'ay prié M. Delas de l'en entretenir. C'est une personne de qui elle doit faire cas et qui desire son alliance sans intérest. Je la suplie de me faire l'honneur de croire que je suis très véritablement,

Monseigneur, de V. E.

le très humble, très obéissant et très fidelle serviteur.

D'ESTRADES.

Au camp devant Bourg ce 5 juillet (1653).

IV

Lettre de M. d'Estrades au cardinal Mazarin.

MONSEIGNEUR [1],

J'espère que V. E. sera satisfaitte de la redittion de Libourne qui a duré trois jours [2]. Le segond, l'on emporta deux demi lunes et on repoussa une sortie que les ennemis firent sur mon attaque avec toutte leur cavalerie et cent hommes de pied. La garde de cavalerie qui estoit de soixante maitres du régimant de Sainct-Simon les poussa jusques dans le fossé. Quoyque M. de Vandosme aye esté incommodé d'un peu de fièvre, il n'a pas cessé de donner ses ordres pour presser vigoureusement ceste plasse. Elle nous a donné de la peine, ayant esté cinq jours sans pain et n'ayant en tout que deux mille hommes de pied et quatre cens chevaux [3].

rendit par capitulation » (*Histoire de la guerre de Guyenne*, par Balthazar, p. 365). « Les huit cens hommes qui étaient dans Bourg en sortirent le 5 » juillet, avec deux pièces de canon et les honneurs de la guerre » (*Histoire de Bordeaux*, par Dom Devienne, p. 469).

(1) Archives nationales, KK 1220, p. 321.

(2) La ville fut attaquée le 9 juillet, dit Dom Devienne (p. 469), et le 17, huit cents hommes qui y étaient renfermés, ayant demandé à capituler, entrèrent au service du roi.

(3) Dom Devienne (*Ibid.*, donne à peu près les mêmes chiffres : 2,200 fantassins et 400 cavaliers.

M. de Vandosme s'en va demain à Bourg se reposer. Il m'a donné ordre de faire attaquer Vaire (¹) et de là de m'en aller Entre deux mers. Je m'estimerai très heureux de faire quelque chose qui soit agréable à V. E. et de meritter les promesses qu'elle m'a fait de m'eslever quand elle le pourra. Comme je suis attaché à elle, aussi ne pretans je ni n'espère rien que par elle et sur ceste veritté, je l'assceurerai que personne au monde n'est plus véritablement que moy

Monseigneur, de V. E.

le très humble, très obéissant et très fidelle serviteur,

D'ESTRADES.

P.-S. — Il y a dans la plasse sept cens hommes de pied et quatre vins chevaux.

Au camp près Libourne ce 17 juillet 1653.

V

A Lermond, ce 24 juillet 1653 (²)

MONSEIGNEUR,

J'arrivai hier à une lieue d'ici avec mon corps. J'ay aprins comme les députtés de la bourgeoisie estoient venus trouver M. de Vandosme (³) et qu'ils doivent revenir dans deux jours

(¹) Vayres, petite ville sur la rive gauche de la Dordogne, à 6 kilomètres de Libourne, à 22 kilomètres de Bordeaux.

(²) Archives nationales, KK 1220, p. 356. — Au XVIIᵉ siècle, on a souvent appelé *Lermont* (voir notamment *Archives historiques du département de la Gironde, passim*) le village aujourd'hui connu sous le seul nom de *Lormont*.

(³) Ces députés étaient les sieurs de Virelade et de Bacalan (Dom Devienne, p. 474). Après leur retour, on décida qu'il leur serait adjoint dix autres personnes considérables de Bordeaux, en tête desquelles serait le chevalier de Todias, premier jurat. Ces douze représentants de la ville de Bordeaux adoptèrent, à Lormont, le 27 juillet, un traité de paix qui fut définitivement signé le 30 juillet (*Ibid.*, p. 476 et 477). Le continuateur de la *Chronique bourdeloise* de G. de Lurbe a mis inexactement au 24 juillet (p. 65 de l'édition de 1703) l'entrée dans Bordeaux du duc de Vendôme et du duc de Candalle; ces deux généraux ne firent leur entrée dans la ville soumise que le 3 août (*Mémoires* de Montglat, t. IV, p. 19).

pour faire des propositions. J'ay trouvé M Delas arrivé qui n'a peu aller voir M. de Candalle à cause qu'il est à Bègles [1]. Il fait estat de le voir demain et luy randre touttes les dépesches. MM. les généraux se doivent aboucher après demain pour résoudre quelque chose sur les propositions qu'on leur fera. Je prandrai ce temps pour leur délivrer la dépesche du Roy qui m'a esté adressée. L'on vient d'avoir avis que l'armée navale d'Espagne paroist vers Royan. L'on a tout aussi tost ordonné douze cens hommes de pied pour mettre dans les vaisseaux et autres batimens. Le reste de nostre infanterie sera postée aux batteries qui ont esté faittes et dans des retranchemens qui sont au bord de l'eau. J'ose asseurer V. E. que si l'armée ennemie entreprend de secourir Bordeaux, qu'elle y périra. Mon opinion est qu'elle ne tentera pas ce secours. L'on ne peust pas songer au siège de Teste [2] tant que l'armée ennemie sera en ses quartiers, toutte nostre infanterie estant occupée. Nous avons sçeu par des principaux de la bourgeoisie que ce qui les a obligés à prandre les armes et de se randre maitres des portes et de la maison de ville est l'approche de l'armée. Après les prises de Bourg et de Libourne, j'ay veu les plus puissants de ceste faction auxquels j'ay conseillé de s'asseurer de Marssin [3] parce que j'ay esté averti qu'il cabale fort dans le faubourg Saint Michel et qu'il a donné en une nuit quatre cens pistoles à des particuliers [4]. Ils m'ont promis qu'ils alloient agir

(1) Petite ville près de la rive droite de la Garonne, à 3 kilomètres de Bordeaux.

(2) La Teste-de-Buch, sur la rive méridionale du bassin d'Arcachon, chef-lieu de canton de l'arrondissement de Bordeaux.

(3) Jean-Gaspard-Ferdinand, comte de Marsin, ou plutôt Marchin, d'origine belge, lieutenant général, un des meilleurs et des plus dévoués hommes de guerre qui suivirent la fortune du prince de Condé.

(4) Ce n'était pas seulement le parti de Condé qui cherchait à se procurer, à prix d'argent, le concours de certains Bordelais; c'était aussi le parti du roi, comme l'atteste Dom Devienne (p. 474) : « Virelade, en entrant dans la » ville, distribua beaucoup d'argent au peuple, pour l'engager à prendre le ruban blanc et à crier : *Vive la paix!* »

5

avec vigueur. Là dessus, je supplie très humblement V. E. me faire l'honneur de croire que je suis très véritablement,

Monseigneur, de V. E.

le très humble, très obéissant et très fidelle serviteur,

D'ESTRADES.

VI

A Lermond, ce 2 aoust 1653 (1).

MONSEIGNEUR,

M. le comte de Montesson (2) s'en va de la part de M. de Vandosme porter la capitulation de Bordeaux à V. E. MM. les généraux doivent entrer dimanche dans la ville. Je vois M. de Vandosme dans la résolution de mettre dans les vaisseaux le plus d'infanterie qu'il se pourra et d'aller combattre l'armée des ennemis qui est à une lieue en dessa Royan. Je crois que c'est tout ce qui se peust faire dans ceste conjoncture. Je tacherai de le fortifier dans ce dessein qui luy sera fort glorieux et la seulle chose qui se peust faire presentement. M. le commandeur de Neuchèse (3) est de cest avis et presse l'affaire de bonne sortte. M. le duc de Candalle m'a demandé avis de ce qu'il feroit. Je luy ay conseillé d'attaquer Villeneuve (4) pour deux raisons, l'une que ceste ville, après luy avoir promis de se remettre au service du Roy, l'a obligé d'aller jusques aux portes et puis n'en a voulu rien faire, l'autre que M. le comte d'Harcourt ayant ruinné

(1) Archives nationales, KK 1220, p. 402.

(2) C'était, sans doute, le frère de ce gentilhomme qui venait de périr devant Bourg : « Le baron de Montesson fut tué à ce siége, fort regretté du duc de Vendôme » (Montglat, t. IV, p. 13).

(3) Dans la correspondance de Mazarin (*Archives historiques du département de la Gironde*, t. II, *passim*), il est souvent question, sous le nom de *Nuchese*, de ce personnage, appelé dans les *Mémoires* du cardinal de Retz (édition Champollion-Figeac, t. IV, p. 220) « le commandeur de Neufchaise ».

(4) Villeneuve-sur-Lot, chef-lieu d'arrondissement du département de Lot-et-Garonne.

une belle armée dans le siége de ceste place et l'avoir levé après y avoir demeuré trois mois devant [1], il luy sera fort glorieux de la prandre et de la chatier. Je ne puis assez dire à V. E. combien il est aimé et estimé dans la province. Je ne sçaurois vous dire tant de bien qu'il y en a, et j'ay grande impatience qu'il ne soit dans vostre alliance [2]. Il m'a dit que dès qu'il aura prins Villeneuve, il partira pour se randre à la court près de V. E. Il m'a tesmoigné desirer avoir la commission de commander en Guienne et qu'il avoit chargé M. de Mereinville de vous en parler. Depuis que l'armée navalle d'Espagne a paru vers Royan, les milices au nombre de quatre mille hommes et cent chevaux se sont rendues à Royan et sur la coste, ainsi il n'y a point à craindre de descente. Je supplie V. E. me faire l'honneur de croire que je suis très véritablement,

Monseigneur, de V. E.

le très humble, très obéissant et très fidelle serviteur.

D'ESTRADES.

VII

A Bordeaus, ce 28 septembre 1653 [3].

MONSEIGNEUR,

J'ay envoyé les ordres à M. de Saint-Leonard pour aller à.... [4] exécutter le tretté de M. de Lonches. Je suis obligé

(1) Sur le siége de Villeneuve par le comte d'Harcourt, voir presque tous les Mémoires du temps, et principalement ceux de Balthazar (*Histoire de la guerre de Guyenne*, p. 338-340). Voir encore diverses relations énumérées dans la *Bibliographie des Mazarinades* t. II et III), et dans le *Catalogue de l'Histoire de France* (t. II).

(2) Le *beau* Candalle, comme on surnommait le fils du duc d'Épernon, aima surtout celle des nièces du cardinal Mazarin qui s'appelait Anne-Marie Martinozzi, et qui devint la princesse de Conti. Voir, à ce sujet, le livre de M. Amédée Renée : *les Nièces de Mazarin*, 5e édition, 1858, p. 92-105.

(3) Archives nationales, KK 1220, p. 584. Il y a dans le Recueil de Marchand (t. I, p. 113) une lettre qui aurait été écrite le même jour, « de la rade de Royan, » par d'Estrades à Mazarin. On voit que les lettres du Recueil de Marchand ne sont toutes ni bien datées, ni même toutes bien authentiques.

(4) Monosyllabe qui doit être une abréviation, peut-être Bayonne.

de renvoyer la lettre que V. E. m'a fait l'honneur de m'escrire, n'ayant pas ce chiffre, ainsi je n'y puis faire de response. Je fais travailler au chateau Trompette tout auttant qu'il se peust avec trente travailleurs et avec mille livres d'argent qui est tout le fonds qu'on a eu. M. de Tracy a mandé qu'il n'avoit point d'argent. Il y a long temps que j'ay pressé le départ du corps que doit mener M. de Bougi [1]. Je luy ay dépêché un exprès pour le faire haster. L'armée navale d'Espagne est à Bechevel [2], à deux lieues de Blaye. Il y a apparence que c'est pour faire eau; cependant M. de Vandosme a fait revenir les troupes qu'on avoit eslargi, ne croyant pas que ceste armée ennemie soit en estat de faire descente ni de rien entreprandre. J'eusse souhaité que M. de Vandosme eust laissé ses troupes où elles estoient et qu'il se fust contanté de mettre des soldats sur les vaisseaux selon qu'ils en auroient eu besoin. Je crains que s'il persiste à laisser ses régimens aux environs de Bordeaus, que nous n'ayons du desordre dans la ville et qu'on ne puisse pas travailler avec la mesme facilitté au Chateau Trompette. Je n'ay peu rien dire à M. d'Argencourt [3] des intentions de V. E., le tout estant en chiffre. Je la supplie de me les faire cognoistre et croire que je les suivrai très ponctuellement et que je suis,

Monseigneur, de V. E.

le très humble, très obéissant et très fidelle serviteur,

D'ESTRADES.

J'ay escrit par deux fois à M. de Saint-Luc [4] avec le plus de civilité qu'il m'a esté possible, à quoy je suis porté non

(1) Jean-Révérend, marquis de Bougy, lieutenant-général, mort en 1658, à 40 ans. Voir l'article que Bayle lui a consacré (*Dictionnaire critique*). Voir encore la *France protestante*, les *Archives historiques du département de la Gironde*, etc.

(2) Je ne suis pas sûr d'avoir bien lu ce nom.

(3) Pierre de Conty, seigneur d'Argencourt, maréchal de camp en 1637, lieutenant général des armées du roi en 1653, mort en novembre 1655.

(4) François d'Espinay, marquis de Saint-Luc, comte d'Estelan, chevalier des ordres du roi, lieutenant général, mort en 1678.

seulement parce que V. E. me l'ordonne, mais parce que il a espousé une de mes proches parentes [1]. V. E. peust estre asseurée qu'avec le corps qui reste ici, il y en a suffisamment pour empêcher les ennemis de rien entreprendre, mais il faut mesnager les esprits de Bordeaus et ne les désespérer pas en les ruinant comme l'on fait.

VIII

A Bordeaus, ce 12 octobre 1653 [2].

Monseigneur,

Les divers avis que M. de Vandosme a eus de Bayonne que Marsin et Vateville [3] estoient à Saint-Sébastien avec de l'infanterie qu'ils faisoient embarquer dans cinq vaisseaux destinés pour joindre l'armée qui est en rivière, m'a obligé de presser de nouveau de combattre ceste armée, et d'autant plus que M. de Vandosme nous a dit que dans la fin de ce mois il seroit obligé de désarmer les vaisseaux, ce qui serait sans doute la perte de Bordeaus et de la province pour les raisons que M. Delas luy aura desja dites, et comme M. de Vandosme dit ne pouvoir hasarder un combat sans ordre du Roy, je supplierai très humblement V. E. de considérer

(1) Anne de Buade, fille de Henri, comte de Palluau. M. de Saint-Luc ne se montre pas très bon parent dans une lettre à Mazarin, écrite de Verdun-sur-Garonne le 2 novembre 1653, lettre où il proteste vivement contre la décision en vertu de laquelle d'Estrades était devenu maire de Bordeaux et gouverneur du Château-Trompette, prétendant que tout cela lui revenait de plein droit, à lui Saint-Luc. (Bibliothèque nationale, fonds français, nº 11633, non paginé.)

(2) Bibliothèque nationale, fonds français, nº 11633. Ce volume fait suite aux volumes des Archives nationales marqués KK 1217, 1218, 1219 et 1220, volumes qui ne renferment que des documents relatifs aux affaires de Guyenne pendant la Fronde.

(3) Le baron Charles de Vatteville, le même qui, ambassadeur d'Espagne en Angleterre, devait, quelques années plus tard, faire à Londres au comte d'Estrades l'outrage dont il a été parlé dans l'introduction. Voir sur lui une note des *Souvenirs du règne de Louis XIV*, par M. de Cosnac (t. I, p. 319).

l'importance de cet ordre puisqu'il déclare estre obligé de désarmer à la fin de ce mois, ce qui fera le mesme effect dans l'esprit des Bordelois comme si nous avions perdu une bataille, et par un combat donné dans une rivière où les costes et les plasses sont à nous, et que le nombre de bruslots et de batimens à rames [qui] surpasse celuy des ennemis, n'est pas un si petit avantage qu'on le doive négliger. Quant aux hommes dont M. de Vandosme dit qu'il manque, je me suis offert de m'en aller à Brouage et aux isles lever tous les matelots qui y sont, et les ramener avec moy. Je pars demain pour ce sujet, et ay promis de plus à M. de Vandosme de luy amener cent hommes choisis des garnisons de Brouage et d'Oleron bien armés pour mettre sur l'Admiral, et que je m'embarquerai avec luy. Je trouve les esprits si eschauffés de voir ceste armée d'Espagne se promener dans la rivière jusques à la veue de Blaye qu'on ne sçauroit respondre de Bordeaus si on ne fait quelque action de vigueur avec nostre armée navalle. Je puis asseurer V. E. que je y employerai tout ce qui dépandra de moy. L'on a résolu de mettre un régiment dans Casau par les avis qu'on a eu que les ennemis s'en devoient saisir.

Je supplie très humblement V. E. me faire l'honneur de croire que je suis très véritablement,

Monseigneur, de V. E.

le très humble, très obéissant et très fidelle serviteur.

D'ESTRADES [1].

[1] D'Estrades écrivait à Mazarin, le 27 du même mois (*Ibid.*) : « .... Je » voy si peu de disposition en M. de Vandosme de combattre et plusieurs » capitaines de vaisseaux qui suivent son sentiment, que je ne voudrois pas » me rendre garant de l'événement. Pour leur oster toutes sortes de pré- » textes, j'ay obligé la ville à fournir des vivres, c'est à dire biscuit, viande, » pois, fèves, morue et vin pour un mois à cinq mille hommes .. Plus l'on » tarde et plus les ennemis se fortifieront.... » Dans toute cette lettre, d'Estrades se plaint beaucoup de Vendôme, qui « avoue à présent qu'il est » bien marri de ne m'avoir pas creu et de n'avoir pas combattu dans le temps » que je lui avois proposé. » D'Estrades continue ainsi : « Je crois que » Marssin et les Espagnols perdront l'espérance qu'ils avoient d'obliger » Bordeaus à faire quelque révolte, lorsqu'ils sçauront avec quelle prompt-

IX

A Bordeaus ce 23 octobre 1653 [1].

Monseigneur,

J'arrivai hier de Brouage. J'ay levé dans nos gouvernemans neuf cens matelots dont quatre cens sont à Blaye et le reste y sera demain. M. de Vandosme ne m'en avoit demandé que cinq cens.

M. Delas m'a randu les deux lettres de V. E. avec la commission de maire dont je luy suis très obligé comme aussi de toutes les bonttés qu'elle a pour moy et du soing qu'elle prend de m'establir, dont le sieur Delas m'a entretenu amplement. Elle peust estre asseurée qu'elle ne faira pour personne qui en soit plus recognoissant que je serai toute ma vie.

J'ay trouvé M. de Vandosme fort froid pour le combat. Il me dit d'abort que l'armée navalle n'avoit point de vivres, qu'il ne laisseroit pas de faire tout ce que le Roy voudroit, mais qu'il n'avoit point d'argent. Ensuitte MM. les Jurats se viendrent conjouir avec moy de ce que le Roy m'avoit fait maire. Je leur proposai que la ville fist les avances de quatre vingt mille livres pour un mois de victuailles et pour l'achapt de plusieurs choses nécessaires en prenant les billets de l'espargne de M. de Vandosme pour leur seuretté. Ils demandèrent du temps pour s'assembler, et M. de Vandosme

» tude et chaleur ils ont secouru l'armée du roy. J'estime que V. E. leur en
» doit procurer quelque recognoissance sur les demandes que leurs députés
» luy font en remettant le Bureau à Bordeaus et leur donnant l'escu par
» tonneau qu'ils imposent sur eux mesmes. La ville est en une telle néces-
» sité, que dans un emprunt qu'il a fallu faire pour l'hospital de la peste,
» on n'a sceu trouver que quinze cens livres.... Je ne puis assez vous expri-
» mer la ruine de toute la Guienne, tant par la peste, que par les gens de
» guerre qui ruinent tout avec une rigueur incroyable. Toutes les villes et
» la noblesse sont au désespoir, et V. E. y doit songer sérieusement. Je
» tiens la Guienne si ruinée, que je ne crois pas qu'elle soit en estat d'en-
» tretenir six régiments.... »

[1]) Bibliothèque nationale, fonds français, nº 11633.

leur ayant confirmé la mesme chose ils ont promis de faire ceste avance de quatre vingt mille livres, dont il a esté avancé ce matin vingt mille livres. La ville de Bordeaus et le puble a fort bien agi en ce rencontre, et avec affection.

L'on travaille d'armer des pinasses et chaloupes pour remplacer les six brigantins et trois galiotes que les ennemis ont pris à Mortagne qui a esté pillé par Marssin. Tout le secours qu'il a amené sont six cens Irlandois. Il mit pied à terre avec deux mille cinq cens hommes, et nous avons sçeu par un officier Valon et trois soldats qui se sont venus randre que le dit Marssin n'avoit laissé aucun soldat sur les vaisseaux. Ainsi on doit faire estat que toute leur infanterie n'est que de deux mille cinq cens hommes. Quant au nombre de vaisseaux, il n'est pas augmenté, Marssin estant venu avec deux frégates de vingt pièces de canon qui estoient parties de la rivière chargées de malades.

J'ay conféré avec ces Messieurs qui sont nommez pour le conseil et avons examiné l'estat de toutes choses. Nous sommes tous d'avis qu'il faut combattre. Nous avons autant de vaisseaux qu'eux. Pour les batimens à rames, ils sont égaux par la prise des six brigantins et trois galiotes, mais nous avons cinq galères, ils n'en ont point, nous avons vingt huit brulots conduits par les plus braves et les plus déterminés hommes du monde qui sont de l'isle de Ré et d'Oleron dont il y en a quatre qui m'ont dit qu'ils vouloient entreprandre de brusler l'Admiral d'Espagne, et ils n'ont en tout que onze brulots. Nos équipages de matelots et de soldats sont tous frais et point fatigués, et eux, au contrère, fort incommodés. Il semble que par touttes les apparences nous devions avoir tout l'avantage en combattant, au lieu que ne le faisant pas, l'on ne peut éviter la perte de Bordeaus, l'armée navalle d'Espagne restant en rivière, qui empêche les vivres et le commerce et met toute la province au désespoir, oultre qu'il est tellement honteux de laisser une armée ennemie en rivière faire ce qu'elle veut sans que la nôtre fasse nulle tentative pour l'incommoder, que je crois qu'il ne faut pas hésiter à la combattre, et bien que les événemens soient incertains, il me semble qu'on ne le peut éviter à cause des raisons ci dessus alléguées.

J'ay esté bien ayse d'avoir veu l'arrest qui a esté donné contre le parlement de Bordeaus et de ce que l'on l'envoye à Périgueux (1). M. le premier Président (2) m'a prié de faire sçavoir à V. E. qu'il a esté obligé de luy escrire comme il a fait à la prière de toutte la compagnie, mais qu'il ne prend nul interest à cela, qu'il suivra tousjours les sentimens du Roy et ceux de V. E. Elle s'en peust asseurer, ainsi il l'a prie de ne s'arrester pas aux lettres qu'il luy a escrit. Luy et moy sommes du sentiment d'envoyer des lettres de cachet pour ceux qui sont exilés pour les reléguer dans des villes du royaume fort esloignées de Bordeaus. Il y a nécessité de le faire, veu leur mauvaise conduitte.

Je trouve que V. E. a grande raison de ne parler point d'autre chose que du rétablissement du château Trompette. Après cela, je vous asseure que le Roy sera en estat de chatier hautemant Bordeaus et d'y faire une bonne citadelle, et cepandant j'espère mesnager l'esprit des peuples par l'autorité que me donne la charge de maire sur eux, que je purgerai la ville de ses séditieux, et ce qui ne se peust pas faire tout d'un coup se fera avec le temps.

M. le duc de Candalle est parti ce matin pour Auvergne. Il est d'avis qu'on réforme les régimens à vingt compagnies et je croy que le Roy aura autant d'hommes, et puisque V. E. me fait l'honneur de trouver bon que je luy en mande mon sentiment, je luy dirai que si elle exécute ceste réforme, j'estime qu'elle la doit faire esgale, à la réserve des vieux et petits vieux régiments.

(1) Le Parlement n'alla pas à Périgueux, mais bien à Agen et à La Réole, pour revenir à Bordeaux à la fin de 1654.

(2) Arnaud de Pontac, qui avait succédé, au commencement de 1653, à Joseph Dubernet. Voir diverses lettres de lui dans les *Archives historiques du département de la Gironde*.

M. de Candalle ne m'a peu donner le mémoire des troupes de son armée qu'il croit devoir estre licenciées, parce que celuy qui a le contrôle estoit parti. Mais je crois que si V. E. pouvoit faire quelque fonds assuré pour un payement réglé et remettre l'ordre dans les troupes, que les armées du Roy seroient plus fortes, qu'il en couteroit moins et le pays seroit conservé, et j'estime que la chose ne seroit pas si difficile qu'on pansse, et qu'on trouveroit beaucoup d'argent des provinces lequel serviroit à entretenir les troupes sur la frontière.

J'escrirai à mon officier d'adresser mes lettres de Flandres à ma femme laquelle les envoyera à V. E. Je luy envoyerai le chiffre qu'il a avec moy. Je l'ay entretenu depuis deux ans à Bruxelles et dans les armées des ennemis à cinq cens livres par mois. Comme c'est un officier de mon régiment qui m'est fort affectionné et fidelle, il prend d'ordinaire trois mois d'avance lorsque la campagne commence. Je luy laisse le maniment de mes affaires en Hollande et il reçoit le revenu de mon régiment. Je luy mande de prendre ce qu'il aura besoin et de se tenir à Bruxelles.

Comme je fermois ceste lettre, M. de Vandosme m'a monstré des avis qu'il a de Saint-Sébastien par où on luy mande qu'il y a sept vaisseaux prets de partir avec deux mille hommes pour venir joindre l'armée d'Espagne, ce que j'ay peine à croire. Si pendant mon voyage on eust travaillé à mettre les vaisseaux en estat et les fournir de vivres, nous serions prets d'aller aux ennemis et ainsi nous aurions prévenu ce secours qu'il dit devoir venir d'Espagne. J'apréhende fort que lorsque tout sera prest il ne trouve de nouvelles difficultez. Je tiendrai V. E. avertie de tout ce qui se passera et la supplie de croire que je suis très véritablemant,

Monseigneur, de V. E.

le très humble, très obéissant et très fidelle serviteur,

D'ESTRADES.

X

Du bord de l'Admiral devant Castillon ce 2 novembre 1653 [1].

Monseigneur,

Dès que les ennemis virent nostre armée à la voile, ils commencèrent à se retirer devant Royan où ils n'ont esté que six heures et furent moullier au pied des dangers [2]. Le lendemain au matin, ils levèrent l'ancre et sont sortis de la rivière. M. de Vandosme a résolu d'aller jusques à Royan d'où il détachera quelques frégates pour sçavoir s'ils croisent la mer ou s'ils n'ont point prins le chemin des isles pour prendre ensuite ses résolutions. Si l'on eust fait cette mesme diligence il y a deux mois, le Roy auroit secouru la Catalogne, reçeu un grand renfort d'hommes pour la Flandres et empéché la ruine de la Guienne par les exactions et pilleries que les gens de guerre y ont fait pendant ce temps là, mais quelle raison que j'aye allégué pandant deux mois, M. de Vandosme ne l'a pas voulu escouter, et il voit à présent par les suites qu'il estoit plus aisé et plus honorable de chasser les ennemis en ce temps là qu'à présent. Sans la prompte assistance qu'on a tiré des gouvernemens de V. E., nostre armée navale estoit perdue sans aucune ressource : elle estoit sans vivres, sans hommes à ne pouvoir lever les ancres et sans munitions de guerre. V. E. pourra sçavoir d'ailleurs ce que je luy mande, et pourra, s'il luy plaist, se servir de sa prudence ordinaire dans un autre temps pour esviter de pareils inconvéniens, qui arriveront infailliblement toutes les fois que M. de Vandosme commandera les armées. V. E. me permettra de luy parler avec ceste liberté puisque

(1) Bibliothèque nationale, fonds français, nº 11633.

(2) On lit dans le *Dictionnaire de Trévoux* : « Terme de mer. On appelle » *dangers* sur la mer, les roches, les bans de sable qui sont cachés sous l'eau, » et sur lesquels un vaisseau peut se briser en donnant dessus. »

je n'ay d'autre but que le service du Roy et celuy de sa gloire particulière. Je m'en retournerai à Bordeaus de Royan où je continuerai de tesmoigner à V. E. par touttes mes actions que je suis très véritablement,

Monseigneur, de V. E.

le très humble, très obéissant et très fidelle serviteur,

D'ESTRADES (1).

XI

A Bordeaus ce 23 novembre 1653 (2).

MONSEIGNEUR,

Je n'ay reçeu aucune lettre de V. E. depuis le retour de M. Delas. Je luy ay rendu compte tous les ordinaires de tout

(1) D'Estrades écrivait de Marennes, le 9 du même mois : « .... MM. les » jurats de Bordeaux m'ont envoyé un exprès pour me prier d'escrire à V. E. » de leur faire remettre le Bureau à Bordeaus. Je l'en ay desja suppliée par » mes autres depesches et le croyois nécessaire pour le service du Roy, et » particulièrement depuis le secours que les habitants ont donné pour l'avi- » taillement de l'armée navale. Un capitaine irlandais a dit qu'il y avait » 40,000 pistoles dans le vaisseau de guerre qui a esté prins. M. de Ven- » dosme l'a envoyé chercher et m'a dit qu'il en feroit faire une recherche » exacte. Je crains bien que si cet argent y a esté, qu'il ne se trouvera » plus. » Un peu plus loin, on trouve cet « Extraict d'une lettre de M. d'Estrades, datée de Bourdeaux, le 13 novembre 1653 » : « J'ay esté fort bien » reçeu de Mrs les juratz et de toute la ville, qui est fort affligée de la peste. » L'on a fermé soixante-cinq maisons depuis quatre jours. La nécessité y est » grande. Il a esté résolu à la Maison de ville de faire une taxe pour les » deux hospitaux de la peste, dont la dépense monte à 6000 livres par mois, » et l'on n'a peu en retirer que 2000 livres jusqu'à présent. J'ay fait publier, » ce matin, une ordonnance contre les exilés qui estoient revenus dans la » ville sans permission, par laquelle ils seront chastiés sévèrement, et leur » vie passée recherchée pour y estre procédé selon les voyes de la justice. » L'on a mis aussi le rabais sur toutes les denrées qui estoient venues à un » prix excessif. Je tascheray à restablir toutes choses le mieux qu'il me sera » possible, mais il faut du temps, ces esprits estant légers et mal aizez à » gouverner. »

(2) Bibliothèque nationale, fonds français, nº 11633.

ce qui s'est passé. Les nouvelles que j'ay de Saint-Sébastien et du Passage sont que les ennemis ont désarmé et désagréé leurs vaisseaux, le lendemain qu'ils y sont arrivés, que la précipitation avec laquelle ils sont sortis de la rivière a esté sur le grand secours qui est arrivé de matelots et de soldats, et sur l'assistance que Bordeaus nous a donnés qui leur a fait perdre espérance de pouvoir s'establir dans aucun poste sur la rivière.

J'envoie à V. E. la copie de la lettre que j'escris à Messieurs les Surintendans sur les plaintes que les bourgeois me font continuellement depuis quatre jours de l'interruption à leurs priviléges pour le transport du Bureau à Blaye. V. E. me permettra de luy dire qu'il est très important de mesnager ces esprits et les guérir de l'opinion qu'ils ont qu'on les veult perdre et rompre leur commerce [1], jusques à ce que nous ayons basti le chasteau Trompette, après quoy vous pourrez non seulement oster le Bureau, mais augmenter les droits du Roy tant que vous voudrez sans craindre aucun inconvénient. Je souhaiterois que les graces qui se feront à la ville parussent venir de V. E. et non d'ailleurs, et unissant ceste ville avec vos gouvernemens, ce sera un des plus grands commerces de France.

M. Delas me dit une pensée que V. E. avoit eue qu'on coupast le chemin qui va à la porte du Chapeau rouge et qu'on y fist un pont levis pour séparer ce chemin de la ville, et qu'on fist un travail qui avançast sur l'eau. J'en ay conféré avec M. d'Argencourt et après avoir bien examiné la proposition, nous avons trouvé ce travail tout à fait inutile et au

(1) Vendôme écrivait de Marennes, le 19 novembre 1653, à Mazarin (*Ibidem*), pour lui représenter « combien il est important de faire cesser les » troubles et les esmotions que cause dans les esprits de ceux de Bourdeaux » l'arrest du Conseil qui ordonne la translation du Bureau pour la perception » des droits à Blaye. » L'amiral ajoutait : « V. E. considérera, s'il luy plaist, » que c'est violer les priviléges et contrevenir à l'amnistie ; en sorte que pour » esviter qu'ils ne se portent aux dernières extrémités, je crois qu'il est » absolument nécessaire de leur donner contentement sur ce sujet. »

lieu de ces grands projets, nous réduisons à faire le château, en sorte que je puis asseurer V. E. que ce sera une des meilleures places du Royaume, et que l'on sauvera un tiers de la despance, et qu'en six mois à commancer du mois de mars (ne se pouvant travailler à la maçonnerie qu'en ce temps là), il sera achevé.

Je n'ay pas encore reçeu les dix huit mille livres que M. de Traci doit faire tenir. Les grandes depances vont venir tout d'un coup qui est l'achapt des pierres qu'il faut envoyer chercher à Taillebourg [1], la chaux, le fer, le charbon, et le bois, ce qui fait qu'il sera nécessaire de faire un fonds considérable pour bien avancer le travail.

J'ay trouvé arrivant à Bordeaus que le comissaire avoit fait désarmer les deux galères de Brouage. Comme je crois que l'intention de V. E. est qu'on les y renvoye, je tache à ramasser ce qui en a esté osté pour les renvoyer au dit Brouage le plustost qu'il se pourra. V. E. aura veu par mes précédentes dépesches comme M. de Vandosme avoit demandé à la ville en deux fois six vingt mille livres, ce que je fis accorder afin d'oster tous les prétextes d'aller aux ennemis, bien que je sçeusse bien que la moitié suffisoit, ce que j'ay justifié par les comptes que j'ay aresté avec la ville, leur ayant ranvoyé de Royan des bateaux chargés de vin et de biscuit avant que le commissaire de M. de Vandosme s'en saisit, et c'eust esté autant de perdu pour le Roy, s'il l'eust distribué aux vaisseaux.

Je trouve par les comptes de la ville que reprenant ce que je sauve de victuailles, il est leur est deu en tout soixante et dix mille livres, lesquelles M. de Vandosme a ordonné qui luy fussent payées sur les billets de l'espargne. Je suis bien aise d'avoir trouvé l'occasion de sauver au Roy cinquante mille livres en ce rencontre. Je me suis donné l'honneur d'escrire à V. E. pour la supplier de me permettre de faire

(1) Ville du département de la Charente-Inférieure, arrondissement de Saint-Jean-d'Angély, canton de Saint-Savinien.

un voyage à Paris de trois semaines seulement. Je y ay des affaires très pressantes, et oultre cela je crois que V. E. ne trouvera pas mon voyage inutile dans les propositions que je luy ferai qui ne se peuvent pas bien faire entendre par escrit.

Je supplierai très humblement V. E. d'agréer que M. Guardon, qui a esté à feu M. de Chavigni (1), entre dans l'employ près M. de Nouveau (2). Je l'ay tousjours trouvé fort affectioné pour le service du Roy, et pour celuy de V. E. Lorsque le cardinal de Retz a esté arresté, il avoit son conget et je l'avois retiré d'auprès de luy. Il en devoit sortir le lendemain. Je puis asseurer V. E. de sa fidellité et qu'il est homme d'honneur et asseuré.

Je la supplie de croire que je suis très véritablement,

Monseigneur, de V. E.

le très humble, très obéissant et très fidelle serviteur,

D'ESTRADES (3).

(1) Léon le Bouthilier, comte de Chavigny, secrétaire d'État, mort le 11 octobre 1652.

(2) Jérôme de Nouveau, surintendant des postes.

(3) Dans une note de quatre pages qui suit la présente lettre, d'Estrades appelle l'attention de Mazarin sur plusieurs points importants. En voici quelques lignes : « Je suis obligé d'avertir V. E qu'il ne se peust pas voir » un plus grand pillage ni un plus grand désordre que celuy qui est dans » l'armée navale. Il y avoit dix-huit milliers de poudre dans le vice-admiral » d'Espagne, et il ne s'en trouve à-présent que quatorze cens livres, et ainsi » de toutes les autres choses à proportion. V. E. connait assez le sieur de » la Moinerie, qui reste ici commissaire de la marine et a charge de tout, » pour croire qu'il y trouvera bien son compte, mais que celuy du Roy ne » s'y trouvera pas. Ça est un pillage général au désarmement. » Suit un grand éloge de l'intendant Tallemant, « qui pourroit estre choisi pour y prendre garde.... » D'Estrades insiste sur le rétablissement du Bureau à Bordeaux, disant qu'il faut « mesnager les esprits et leur oster les ombrages qu'ils ont.... » Dans une lettre écrite de Bordeaux, le 26 novembre *(Ibid.)*, le dévoué correspondant de Mazarin s'exprime ainsi : « ... Le pays est tellement désespéré et la noblesse mesme des concussions des gens de guerre, » que si V. E. n'y remédie par sa prudence, il y a à craindre une révolution » dans la province. Il y a tant de sortes de commandants, qui tous usent de » l'autorité du général, que cela produit une confusion que je ne puis exprimer à V. E. J'ay sceu que MM. de Virelade et Renie (?) poursuivent

XII

A Bordeaus, ce 30 novembre 1653 ([1]).

MONSEIGNEUR,

Je viens tout présentement avoir avis du Passage, que le marquis de Sainte-Croix ([2]) est aresté prisonier, que Marssin s'en va en Angleterre dans une frégatte de vingt quatre pièces de canon, et de là doit aller trouver M. le Prince, que toute l'infanterie qui estoit sur les vaisseaux a mis pied à terre, et va en quartier d'hiver dans la Gualice, et que la plus part des matelots se sont sauvés, que six des plus grands vaisseaux sont allez à Calès, cinq à Saint-André et le reste demeure au Passage. Le Roy d'Espagne paye Marssin de tout ce qu'il luy avoit promis en lettres de change sur Anvers et ne luy a pas donné un sou d'argent comptant dont il est très mal satisfaict.

Les choses sont en ces quartiers ainsy que je l'ay mandé à V. E. par le dernier ordinaire. Il est nécessaire qu'elle y remédie promptement. La pluralité des lieutenans généraux et les corps séparés qui y sont ruinent toutte la province, les revenus du Roy ne s'y lèvent pas, les troupes n'y

» d'entrer dans les assemblées de la maison de ville comme commissaires, et » demander pouvoir de convoquer les dites assemblées. Ce seroit partager » l'autorité du maire, et donner lieu à ces Messieurs ou autres de cabaler la » ville contre le service du Roy s'ils n'estoient pas bien intentionnés. Estant » asseuré du maire comme vous estes, il est absolument nécessaire de lui » laisser l'autorité entière dans la maison de ville, et en son absence il choi- » sira celui des jurats qu'il croira le plus capable pour agir selon ses ordres; » et s'il vient à manquer, on commet l'autorité à un autre. Ainsi, il est » difficile d'estre trompé. J'en escris à M. de la Vrillière pour en entretenir » V. E. et la supplier de faire cesser ces prétentions; car ce seroit mettre » une confusion dans la ville qui apporteroit de grands désordres de vouloir » introduire dans nos conseils de Messieurs du Présidial. »

([1]) Bibliothèque nationale, fonds français, nº 11633.

([2]) Amiral espagnol qui avait été chargé de porter secours aux Bordelais révoltés.

subsistent pas, et tout s'y ruine faute d'ordre. Pour si peu que l'on tarde à y remédier, il ne sera plus temps.

Je suplierai très humblement V. E. me faire l'honneur de croire que je suis,

Monseigneur, de V. E.

le très humble, très obéissant et très fidelle serviteur,

D'ESTRADES (1).

XIII

A Bordeaus, ce 14 décembre 1653 (2).

MONSEIGNEUR,

J'ay appris avec beaucoup de joie la prise de Sainte-Menehou (3), non seulement pour l'avantage que le Roy retire de cette conqueste, mais parce que c'est l'ouvrage de V. E. et dont on n'eust peu venir à bout si elle n'en eust fortifié l'attaque par sa présence (4) et par sa fermeté. Je souhaite de tout mon cœur que tous ses desseins prospèrent de la sorte...

Je m'applique à bien servir autant qu'il m'est possible, mais je n'ay peu encore jusques à ceste heure avoir esté assez considéré de MM. les Surintendans pour avoir une assignation. M. le duc de Saint-Simon (5) s'est payé de cent

(1) Saint-Luc, écrivant de Moissac le 14 décembre suivant *(Ibidem)*, adressait au cardinal les mêmes plaintes : « Je me suis donné l'honneur d'escrire » à V. E. par un courrier exprès sur le subject du désordre et de la confu- » sion qu'apporte dans cette province la multiplicité des commandants. Les » peuples ne sçavent à qui avoir recours dans leurs pressantes misères, et » l'on lève sur différents prétextes des sommes immenses.... »

(2) Bibliothèque nationale, fonds français, nº 11633.

(3) La ville de Sainte-Ménéhould avait été prise par le maréchal du Plessis-Praslin, le 26 novembre.

(4) Le jeune Louis XIV, accompagné du cardinal Mazarin, était allé visiter le camp devant Sainte-Ménéhould, le 26 octobre, et il était revenu à Châlons le 28 (*Mémoires* de Montglat, t. IV, p. 29). Le roi et son ministre avaient fait une nouvelle apparition devant Sainte-Ménéhould la veille de la capitulation *(Ibidem)*.

(5) Claude de Rouvroi, duc de Saint-Simon, père de l'auteur des *Mémoires*.

mille livres en deux mois de temps sur le Bureau qui est à Blaye. Je n'envie pas son bonheur, mais je crois avoir mérité d'estre aussi bien traité que luy. Toute ma confiance est en V. E. n'ayant nul protecteur, ni n'en voulant avoir qu'elle seule.

Je luy rends aussi très humbles grâces de la bonté qu'elle a eu de faire establir mes appointemens du mois de septembre à trois mille livres par mois.

Il ne tiendra pas à moy ni à mes soings que les troupes ne vivent avec ordre dans la province. Si on m'en avoit laissé le commandement seul, je la puis asseurer que les désordres qui se font tous les jours et les grandes concussions n'arriveroient pas, mais la multiplicité de lieutenants généraux qui sont MM. de Marin, de Canillac et comte de Bristoc (?), qui ont tous leurs corps à part, mettent la province hors d'estat de pouvoir subsister, et de soustenir un quartier d'hiver.

Je supplie très humblement V. E. de croire que ce que je luy ay escrit en faveur des Bourdelois n'a pas esté pour faire diminuer les revenus du Roy. J'ay esté tousjours d'avis que les deux escus pour tonneau se levassent et leur en ay parlé dans la maison de ville de la sortie, mais pour l'escu qu'ils taxent sur eux mêmes. J'ay creu que V. E. leur pouvoit faire accorder pour payer les debtes de la maison de ville, parce que aussi bien quand le Roy le voudroit mettre sur la ferme, on ne le lèveroit jamais un mois sans qu'il arrivast quelque désordre qui causeroit non seulement la perte des deux escus, mais encore la cessation du travail du Château-Trompette, d'où dépend la seureté de Bordeaus et de la province, et ces esprits sont si violents et légers, qu'on n'y peust faire nul fondement jusques à ce que l'on aye de quoy les retenir par la force.

V. E. se peut asseurer que le crédit que M. le premier président de Pontac aura dans sa compagnie, qu'il l'employera toujours pour le service du Roy et pour celuy de V. E. Il a refusé depuis deux jours trois avocats qui avaient esté de l'Ormée [1], qui s'estoient présentés à la Réole et les a renvoyés.

J'envoye à V. E. une liste des conseillers les plus coupables et des lieux où il les faudrait reléguer, ainsi qu'Elle m'a commandé. J'adjouteray que si elle supprimoit tout à fait les offices, que ce seroit un coup de grand exemple, et que les bien intentionnés du Parlement en seroient bien aises. Je n'avance pas cela à V. E. sans l'avoir pressenti... [2].

Je ne perds pas un moment de temps avec M. d'Argencourt à faire travailler au Château-Trompette [3]. La démolition est si grande qu'il faut plus de temps qu'on ne peust s'imaginer, à déblayer les ruines de ses grosses tours et des murailles qui avoient une grande espaisseur. Outre cela, la peste est cause qu'on a peine de trouver des travailleurs, et il s'y en trouve tous les jours quelques-uns de frappés... [4].

(1) C'est-à-dire de l'assemblée séditieuse qui se tenait, dit Dom Devienne (p. 447), « sur une plate-forme qui étoit du côté de Sainte-Eulalie, et qu'on appelloit l'Ormée, à cause des ormeaux dont elle étoit plantée. » On peut consulter, au sujet de l'Ormée, les *Mémoires* du P. Berthod, de Daniel de Cosnac, de Gourville, de La Rochefoucauld, de Lenet, de Montglat, etc. M. V. Cousin s'est habilement servi de tous ces mémoires, ainsi que de quelques mazarinades, et surtout de l'*Histoire de Bordeaux* de Dom Devienne, pour rédiger les chapitres V et VI de son livre : *Madame de Longueville pendant la Fronde*, chapitres intitulés, l'un : *La Fronde à Bordeaux*, l'autre : *Fin de la Fronde à Bordeaux*. Voir encore les *Souvenirs du règne de Louis XIV*, par M. le comte de Cosnac, t. III, 1872, p. 139-189.)

(2) Je ne reproduis pas toute la lettre, qui a la longueur d'un mémoire, et qui n'est pas partout également intéressante. Je dois pourtant citer cette courte oraison funèbre d'un magistrat bordelais : « J'ai beaucoup de regret » de la mort de M. de Lestonnac, conseiller au parlement de Guienne. » C'estoit un des plus forts et des plus zélés serviteurs du Roy et de V. E. » Son fils et luy sont morts de la peste. » Je dois encore mentionner un passage de la même lettre sur le président de Gourgues, « qui est tout à fait dans la repentance du passé. » D'Estrades déclare, de plus, qu'il est « puissant dans sa compagnie. M. le chancelier et M. le garde des sceaux, de qui il est allié, pourront en assurer V. E. »

(3) Voir (*Ibidem*) une lettre du 21 décembre 1653, signée à la fois par d'Estrades et d'Argencourt, relative à la dépense du travail du Château-Trompette.

(4) Le 27 décembre 1653, d'Estrades (*Ibidem*) accusait réception d'une lettre de change de dix mille livres, destinées aux travaux du Château-

XIV

A Libourne, ce 12 janvier 1654 (1).

MONSEIGNEUR,

J'envoye M. Batallier à V. E. pour luy dire comme Durcteste (2) a esté arresté par ces gentishommes à qui j'en avois donné la commission. Dès qu'ils m'en eurent donné l'avis, j'envoyai M. de Saint-Romain avec quarante chevaux le chercher dans un château où ils l'avoient conduit près de Cadillac, et il a esté conduit aujourduy dans les prisons de Libourne, où je le fais garder par mes gardes. J'ay donné ce que j'avois promis à ces deux gentishommes, dont ils ont esté fort satisfaits. Je supplie très humblement V. E. me faire sçavoir par qui elle désire qu'il soit jugé. Je suis asseuré que le Parlement souhaiteroit fort le juger pour donner un arrest sévère contre ce chef de la rébellion et tesmoigner par là le désir de faire quelque chose qui agréast à Sa Magesté et à V. E. Il y a aussi l'intendant de justice et le presidial de Bordeaus, qui peuvent estre ses juges. Par qui que ce soit il est de l'authorité du Roy et de la ruine entière des frondeurs, qu'il soit exécuté dans Bordeaus, ce que je feray faire hautement (3).

Trompette. Il mandait au Cardinal que la peste était si forte aux environs de Bordeaux, dans tout le Condomois et dans les villes « qui sont le long de la rivière de Garonne », que l'on allait être obligé d'éloigner les troupes de ces lieux-là. Il ajoutait qu'il mettait son régiment proche de ses terres ou de celles de ses parents, qui lui avaient promis de lui donner des hommes « pour recrue ».

(1) Bibliothèque nationale, fonds français, n° 11633.

Le 6 du même mois, d'Estrades *(Ibidem)* annonçait à Mazarin qu'il avait fait passer par les armes, deux jours auparavant, deux sergents et huit soldats, qui étaient dans des villages à voler.

(2) Au sujet de l'ex-boucher Durcteste, voir tous les auteurs indiqués dans la note de la précédente lettre sur l'*Ormée*.

(3) Le 12 février, d'Estrades *(Ibidem)* annonçait ainsi à Mazarin la mort de Dureteste : « Monseigneur, Duretesto fut exécuté hier sur les trois

J'ay esté encore asseuré de nouveau que Maserolles est vers Montauban. J'ay dépêché un gentilhomme à M. de Saint-Luc et à M. de Machau pour travailler avec diligence à le faire arester. J'ay envoyé aussi en Querci et Perigord deus compagnies de cavalerie pour chercher Boves. J'espère que s'ils restent dans la province, ce ne sera pas sans y courre risque de leurs personnes. V. E. peust bien juger que je ne puis aller à Brouage dans ceste conjoncture faire ce qu'elle m'avoit ordonné. Il est nécessaire que je m'en retorne à Bordeaus où plusieurs conseillers exilés sont revenus. Je les ferai tous arrester si je les y trouve. J'ay esté à Sainte-Foy donner les quartiers d'hiver où j'ay prins les avis de MM. de Saint-Luc, de Talemant et de Machau.

» heures après midi, dans la place qui est devant le palais. Suivant le con- » tenu de son arrest, au sortir de la prison, on le conduisit par les plus » grandes rues de la ville devant Saint-André, où il fit amende honorable » devant la porte de l'église; de là devant la maison de ville, où il avoit » présidé; et ensuite il fut mené à la place du palais, où il a esté roué, et sa » teste mise au bout d'une fourche à la tour qui est à l'Ormée. Je le fis sui- » vre par la ville par mes gardes et cent bons soldats que j'avois fait venir à » Bordeaus, et à la place du palais je commandai, comme maire et chef de » la milice, quatre cens bourgeois avec dix capitaines, autant de lieutenans » et enseignes, pour se saisir des avenues et occuper la place. Le tout s'est » passé avec douceur et obéissance, et tout le puble *(sic)* a tesmoigné joye » de ceste exécution. Il ne se peut pas mieux agir qu'ont fait Messieurs du » parlement, tant dans l'enregistrement de l'amnistie que dans le jugement » de Dureteste. Tous ceux qui ont esté contre le Roy dans Bordeaus et dans » la province cognoissent bien qu'il faut qu'ils prennent garde à leurs » actions, et que s'ils manquent, on ne leur pardonnera pas. M. le Premier » Président s'est fait porter à La Réole, quoiqu'il aye un pied démis, et a » agi avec grand zèle pour l'autorité du Roy. MM. les présidens de Lalanne » et de Montesquieu; MM. de Martin, Boucaud, Salomon, Geneste et plu- » sieurs autres conseillers, ont pareillement segondé les sentimens de M. le » Premier Président.... » De cette lettre, qui est d'une incontestable authenticité, il faut rapprocher une prétendue lettre de d'Estrades à Mazarin, du 12 janvier 1654 (Recueil de Marchand, t. I, p. 115). Cette dernière lettre, remplie de détails romanesques, est manifestement apocryphe d'un bout à l'autre, et je suis étonné d'être le premier à dénoncer cette scandaleuse supercherie. La lettre dans laquelle d'Estrades rend compte du supplice de Dureteste (même Recueil, p. 118) n'a pas une plus pure origine que la précédente, mais du moins elle ne renferme aucun des mensonges dont l'autre est tout entière tissue.

J'escris à M. Le Tellier les raisons qui m'ont obligé de placer les troupes au lieu où elles sont. J'espère qu'après l'exécution de Durcteste les frondeurs perdront l'espérance de pouvoir brouiller dans Bordeaus.

Je n'ay pas eu de peine à faire ce que V. E. m'a commandé, de vivre en bonne intelligence avec M. de Saint-Luc. Je n'ay rien fait pour les quartiers d'hiver que par ses avis et je l'ay esté trouver à Sainte-Foy pour cella. Il demande qu'en mon absence personne ne commande les troupes que luy. Je crois que V. E. luy accordera puisqu'il est particulièrement attaché à ses intérests et à son service.

Je la supplie me faire l'honneur de croire que je suis très véritablement,

Monseigneur, de V. E.

le très humble, très obéissant et très fidelle serviteur,

D'ESTRADES (1).

XV

A Bordeaus, ce 24 juillet 1654 (2).

MONSEIGNEUR,

Je travaille autant qu'il m'est possible à descouvrir les autheurs des discours qui se tienent tant dans la ville que

(1) Après l'exécution de Durcteste, d'Estrades obtint un congé. Le 2 mars 1654, le premier président A. de Pontac écrivait à Mazarin *(Ibidem)* : « Depuis le départ de M. d'Estrades, nous jouissons en ceste ville du calme que sa bonne conduite y a produit ... » De son côté, le 26 avril suivant, le président Lalanne réclamait *(Ibidem)* en ces termes flatteurs le prompt retour du maire de Bordeaux : « La présence d'un homme de cœur et d'expérience comme M. d'Estrades y est nécessaire.... »

(2) Bibliothèque nationale, fonds français, nº 11633.

Avant cette lettre, on en trouve plusieurs que j'analyserai rapidement. La première est datée de Saintes, 16 juin 1654. D'Estrades dit que, dans cette ville, il a vu M. de Montausier, et qu'il lui a expliqué les intentions du Cardinal touchant le commandement pendant l'absence du gouverneur de la Guienne, « en cas que les Anglais ou autres fissent quelques entreprises en ces quartiers. » D'Estrades annonce que, ces choses étant réglées,

dans la campagne, que je suis venu pour establir la gabelle dans la province, avec une infinité d'impositions. Le public en est si persuadé, que plusieurs assemblées s'estant faites

il va partir pour Bordeaux, où il ne sera que le temps qu'il faudra pour remédier aux affaires les plus pressées de la ville, et qu'ensuite il ira voir le maréchal de Gramont. Il engage, en terminant, le Cardinal à faire venir de Hollande six mille mousquets, que l'on mettrait en dépôt dans les magasins de Brouage, « pour s'en servir selon les nécessitez.... » Le 25 juin, d'Estrades écrivait de Bordeaux : « Don Antonio Pimantel arriva hier en ceste ville. » Je l'ay traité chez moy et luy ay tesmoigné que j'en avois reçeu les ordres » de V. E. Il est parti fort satisfait. » (Voir là-dessus la *Chronique bourdeloise*, p. 75.) « Je n'ay rien trouvé dans les magasins de Bourg; il n'y a que deux » milliers de poudre et peu de plomb.... La désolation est si grande dans la » province, que je ne la puis assez exprimer à V. E. M. le maréchal de » Gramont est à Pau, où il tient les estats. Après que je l'aurai veu, j'en- » voyerai un courrier exprès à V. E. pour luy donner avis de ce que nous » aurons arresté, le dessein ne se pouvant exécuter que par les facilités qu'il » y apportera, tout le succès dépendant des passages et des assistances » qu'on doit recevoir de son gouvernement.... » Nouvelle lettre le 29 juin : « V. E. a très grande raison de ne vouloir pas qu'on s'engage au dessein » qui estoit projeté, dans l'incertitude de la guerre contre les Anglais. Le » Roy ne peut estre asseuré de ceste ville et de la province que par l'esta- » blissement du Château-Trompette.... J'ay mis plusieurs personnes en » queste de ces quatre qui sont allez trouver le Protecteur. Si j'en rencontre » quelqu'un, je puis asseurer V. E. que j'en ferai faire une justice exem- » plaire. Il est très important que V. E. soit avertie que toute la province » est au désespoir. Les publes ont esté ruinés par quatre années de guerre » civile et par la peste qui dure encore en plusieurs lieux. Toute leur espé- » rance estoit de faire la récolte, et ils s'en voyent privés par le séjour de » neuf mille hommes de pied et près de deux mille chevaux qui restent en » Guienne dans le temps de la récolte. Je m'en va pour six jours à Agen, » pour donner des quartiers aux troupes qui ne peuvent plus subsister aux » leurs.... » Dans une lettre du 14 juillet, d'Estrades apprend au Cardinal qu'il a été reçu dans le parlement avec beaucoup de témoignages d'affection de toute la compagnie; qu'il trouve tous les membres du parlement très disposés à bien servir le roi et son ministre ; mais que les habitants de Bordeaux n'ont pas autant de bonne volonté, et que ce sont « d'estranges esprits ». Deux jours après, d'Estrades mandait à Mazarin ce qui suit : « Qu'il y eust eu seulement deux vaisseaux du Roy avec le mien et les trois » frégates que j'avois équipé, nous aurions le duc de Lorraine à Brouage. » Ils ont rencontré les quatre navires de Dunquerque et deux frégates » d'Ostende à vingt lieues de Saint-Sébastien. Ils furent suivis par les » ennemis quatre lieues; mais comme ils sont bons de voiles, ils les quittè- » rent et reprirent leur route. J'ay eu nouvelles du Passage que les vais- » seaux y sont arrivés, que l'on conduit le duc de Lorraine à Madrid, et que » l'on a mis l'infanterie à Fontarabie.... »

par le menu puble, où il y eust des séditieus qui dirent qu'il fallait aller assommer tous ceux qui travaillaient au Chateau-Trompette pour y establir la gabelle, je m'y en allai avec mes gardes, et fis arrester un des principaux qui tenoit ce discours, que j'ay fait mettre dans une basse fosse et on luy fait son procès. J'ay doublé la garde de la maison de ville et après avoir assemblé les capitaines du quartier et le conseil des cent et des trente, que j'ay exhorté à demeurer fermes pour le service du Roy et à travailler de descouvrir les auteurs de ces placars et discours séditieux pour en faire un chatiment exemplaire, ils m'ont tous promis de s'y employer avec affection, et pour cest effect nous faisons faire toutes les nuits de bonnes patrouilles. J'ay fait venir cent bons hommes de mon régiment que j'ay logés près de moy, afin de m'en servir selon les occasions, et cependant l'on travaille tousjours au Chateau-Trompette assez lentement, le fonds estant trop petit pour employer beaucoup d'ouvriers.

Il y a des personnes qui eschauffent les esprits à faire du désordre que je ne puis encore pénétrer, et ils sont si susceptibles à croire le mal qu'il n'y a pas beaucoup de peine à les persuader. Je supplie très humblement V. E. de croire que je n'oublierai rien des choses qu'il y aura à faire pour le service du Roy et que je suis très véritablement,

Monseigneur, de V. E.

le très humble, très obéissant et très fidelle serviteur.

D'ESTRADES.

XVI

A Bordeaus, ce 3 aoust 1654 [1].

MONSEIGNEUR,

Les juratz ont esté faits selon les statutz et par la pluralité des voix. M. de Malet, qui est homme de mérite, a esté

(1) Bibliothèque nationale, fonds français, nº 11633.

nommé pour le gentilhomme ([1]), M. de Lamusas pour avocat et M. Mercié, qui a esté député de la part de la ville à Paris, pour les bourgeois, sont trois personnes fort affectionnées pour le service du Roy, et attachez aux interests de V. E. La ville nous fist deux grands festins où tout le puble tesmoigna de la joye ([2]), mais ce sont des esprits si légers qu'on ne peust faire nul fondement.

Si V. E. ne retire les troupes de la Guiene, elle sera en estat de ne s'en pouvoir jamais remettre et le Roy ne pourra rien tirer des tallies (*sic* pour tailles) ni des restes. V. E. en usera, s'il luy plest, selon sa prudence ordinere et considérera que n'ayant ni pain, ni argent, les troupes vivent à la campagne avec beaucoup de licence.

Je la supplie de me faire l'honneur de croire que je suis très véritablement,

Monseigneur, de V. E.

le très humble, très obéissant et très fidelle serviteur,

D'ESTRADES ([3]).

([1]) Dans une lettre du 29 juillet, d'Estrades annonçait à Mazarin qu'il était sûr de l'élection de M. de Malet, « qui est un gentilhomme ferme et aimé dans la ville. » Voir, sur l'élection du 1er août 1654, la *Chronique bourdeloise* (p. 75).

([2]) Je lis dans une lettre du chevalier de Trelon écrite de Bordeaux à Mazarin, le 3 août 1654 (*Ibidem*) : « Je suis venu icy voir le comte d'Estra- » des, lequel fist les jurats le 1er de ce mois, et hier ils firent un grand disner » dans leur hostel de ville, où estoient MM. de Talemant, de Machault et de » Colbert, intendans, où la santé du Roy, de la Reyne, de Monsieur et de » V. E. furent beues avec emportement (*sic*) et tesmoignage d'affection de » MM. les jurats et bourgeois. »

([3]) D'Estrades, le 13 août, écrivait à Mazarin : « M. Delas arriva, hier, » qui m'a rendu toutes les dépêches, et nous a porté la nouvelle de la prise » de Stenai, dont j'ay beaucoup de joye, tant par l'avantage que le Roy en » retire, que par la gloire que V. E. a d'une si haute entreprinse avec si » peu de gens, ce qui donne plus d'esclat à l'action. J'ay fait valoir ceste » prise dans la maison de ville, en présence de plusieurs bourgeois. J'espère » que le Roy et V. E. n'auront pas un moindre succès pour le secours » d'Arras.... V. E. m'avoit fait l'honneur de me dire qu'elle vouloit que » j'eusse mille escus par mois pour m'aider à soutenir la dépense que je suis » obligé de faire. Pour cet effet, Elle m'avoit fait expédier une ordonnance pour six mois, mais MM. les surintendans n'ont voulu me passer que deux

XVII

A Bordeaus, ce 30 aoust 1654 ([1]).

MONSEIGNEUR,

...... Je fais tout ce qu'il est possible pour descouvrir les autheurs de tous ces mauvais bruits qui courent, mais il est difficile. Tout ce que j'ay peu pénétrer est qu'il y a des imprimés qui sont venus de Paris qui disent que si Arras se prend ([2]), l'on mettra la gabelle en Guienne et vingt-quatre édits nouveaux, et qu'il faut prier Dieu pour le pain et pour le soulagement du pouvre puble.

L'on fit, hier, rouer un homme dans Bordeaus qui avoit esté condamné à la Réole. Il a esté convaincu d'avoir violé sa fille. Il y avait plusieurs personnes qui publioient que cet homme estoit innocent et qu'on les feroit tous mourir les uns après les autres, qu'il ne le falloit pas souffrir. Sur ce bruit on n'osoit mener le prisonnier au supplice. J'envoyai tous mes gardes et donnai ordre qu'on exécutât l'arrest, ce

» mois ... Je fis pendre hier un homme dans la place du Palais qui avoit » esté sergent de Duretested, soupçonné d'afficher les placards et qui a fait » un vol à deux lieues de ceste ville. Je l'ay fait juger prévostalement. Cet » exemple estoit nécessaire dans Bordeaus.... Je suis extrêmement obligé à » V. E. de ce qu'elle m'accorde le brevet de chevalier de l'Ordre. Je la puis » asseurer qu'Elle ne fera pour personne qui soit plus absolument à Elle » que moy. Je serai toujours prêt à servir partout où Elle me commandera, » et Elle n'aura qu'à ordonner soit en Catalogne ou ailleurs. Mais du mesme » temps que je partirai de ceste province, il est absolument nécessaire » qu'Elle y mette quelqu'un qui ayt caractère et autorité, car ses publes et » la noblesse du pays sont très difficiles et glorieux. »

([1]) Bibliothèque nationale, fonds français, n° 11633.

([2]) D'Estrades écrivait à Mazarin, le 3 septembre (*Ibidem*) : « Je ne sau» rois exprimer à V. E. la joye que j'ay de la grande victoire que le Roy a » emportée en secourant Arras. Ceste action estoit deue à la grande résolu» tion et conduite de V. E., dont je loue Dieu de tout mon cœur. L'on doit » chanter aujourd'hui le *Te Deum* et faire les feux de joie. Les plus considé» rables de la ville et généralement toute la milice a esté à mon logis me » tesmoigner la joye qu'ils recevoient de ce bon succès. Les malintentionnés » n'oseront plus paroistre, et ceste affaire rompt tout à fait leurs mesures. »

qui fust fait sans que personne se présentât pour l'empêcher.

Le mesme jour, le commis des consignations fust arresté prisonnier pour des debtes et, comme on le menoit prisonnier dans la maison de ville, M. de Pomiers le jeune, conseiller au parlement de Guienne, prist une espée qu'il mit à la main toute nue, et appelant des garçons de boutique qui sortirent avec des armes, retirèrent le prisonnier et le firent sauver. Dès que j'en fus adverti, j'assemblai les juratz à la maison de ville, fis décréter prise de corps contre ceux qui s'y sont trouvez, et envoyai deux juratz avec vingt de mes gardes dans la maison du commis des consignations pour l'arrester. L'on le chercha fort exactement partout. On ne le trouva pas, et je fus averti qu'il estoit allé à une maison qu'il a à deux lieues d'icy où j'ay envoyé le vice-sénéchal pour l'arrester. J'ai envoyé chez le sieur Pomiers luy faire commandement de sortir de la ville, ne pouvant décréter contre luy à cause qu'il est conseiller. Il est très nécessaire qu'on luy envoye un *Veniatis* pour rendre compte de ses actions. Son insolence mérite qu'on en fasse un exemple [1]...

XVIII

A Bordeaux, ce 4 janvier 1655 [2].

Monseigneur,

Depuis le départ de M. Delas, les consuls d'Agen ont fait une élection toute contraire aux ordres du Roy et à ce que je leur en avois escrit, dont M. Delas luy en dira les

(1) Le 14 septembre, d'Estrades, après avoir dit que la peste reprenait par toute la campagne, ajoutait : « J'ay fait rendre la lettre du Roy à M. de » Pomiers, lequel se prépare à partir. Cet exemple retiendra les autres dans » leur devoir... » Le 5 octobre, d'Estrades adresse au Cardinal une demande de pardon pour Pomiers le jeune, qui est très repentant. Le premier président, M. de Pomiers le doyen, et les plus considérables du parlement étaient venus réclamer l'indulgence de d'Estrades en faveur du coupable.

(2) Bibliothèque nationale, fonds français, nº 11633.

particularitez et ceux qui fomentent et protègent ces caballes. Il n'a pas teneu à eux qu'il n'y aye eu plus de désordre dans la province depuis que je y commande. Il est tout à fait important que cette élection soit cassée, qu'on donne un *Veniatis* à ceux qui n'ont pas obéy aux ordres du Roy et qu'ils soient privez pour l'avenir du consulat. Il y a deux consuls nommez Muci [1] et Faure [2] qui ont fort bien agi et ont tousjours maintenu qu'il falloit obéir aux ordres du Roy, mais les autres l'ont emporté sur l'asseurance qu'ils ont donnée à toute l'assemblée qu'ils avoient de bons protecteurs qui fairoient agréer au conseil ce qu'ils faisoient, et que je n'estois que pour deux jours dans la province, M. de Saint-Luc revenant faire sa charge de lieutenant de Roy. V. E. sçait mieux que personne combien il est important de couper la racine de telles affaires et qu'un exemple prompt les fera cesser, ce que j'attendrai de ses ordres comme estant,

Monseigneur,

vostre très humble, très obéissant et très fidelle serviteur,

D'ESTRADES [3].

(1) Sans doute Moussi, receveur des tailles et consul d'Agen en 1638.

(2) Sans doute De Faure, avocat, consul d'Agen en 1640.

(3) Voici quelques extraits de précédentes lettres : « De Bordeaus, ce » 9 novembre 1654. J'entrai, hier, à la maison de ville, où je fis assembler le » conseil de cent et de trente et les capitaines de la ville. Je leur fis part » des avis que V. E. m'avoit donnés, leur fis valoir l'intérest qu'Elle prenoit » à leur conservation, et les exhortai à tesmoigner en ce rencontre chaleur » et viguer contre ces séditieux qui vouloient troubler leurs familles et le » repos public. Ils protestèrent tous vouloir mourir pour le service du Roy, » et qu'il falloit chastier ceux qui vouloient trahir la ville. Nous résolûmes » ensuite de faire bonne garde à la maison de ville, [de] faire faire les » patrouilles dans la ville. J'ay logé vingt-cinq de mes gardes à la porte des » Salinières, pour en estre le maistre quand je voudray; elle n'est pas éloignée » de la maison de ville. J'ay mis quatorze compagnies de mon régiment à » Saint-Maquaire, La Réole, Sainte-Bazeille et Marmande, qui font millle » homme effectifs, et en six heures elles peuvent estre par la rivière à Bor- » deaux. » — « De Bordeaus, 12 novembre 1654.... MM. les marquis de » Duras, de Rabat, de Téobon, de Mirambault, et plus de deux cents per- » sonnes de condition se sont rendues près de moy à Bordeaus sur ces bruits

XIX

A Bordeaus, ce 27 juillet 1655 (1)

Monseigneur,

J'espère que V. E. me fera l'honneur de croire qu'il n'y a pas un de ses très humbles serviteurs qui prenne plus de part à sa gloire, et aux avantages que le Roy reçoit par ses bons conseils, que moy, qui ay ressenti une joye extraordinaire d'apprendre la prise de Landreci (2), à la veue de toutes les forces d'Espagne, et entreprins par ses avis, et conduit par les préparatifs qu'elle avoit faits dont le succès en a esté tel qu'Elle avoit jugé, ce qui n'appartient, Monseigneur, qu'à des personnes aussi capables et esclairées qu'est V. E. et Elle me permettra de louer le bonheur de ceux qui commandent les armées du Roy d'estre aydés et soutenus si à propos de toutes choses par V. E. qu'une conqueste qui paroissoit impossible aist esté très facile par sa vigilance et par ses soings.

Pour n'importuner pas V. E. d'une longue lettre, je me

» (de la descente des Espagnols sur les côtes)... Ils m'ont offert tout ce qui » dépendoit de leurs terres pour le service du Roy.... » — « De Bordeaus, » le 16 novembre 1654. J'ay eu divers avis depuis peu de Saint-Sébastien » qu'il a esté résolu de nouveau de m'assassiner, et que mesme il y a des » personnes qui sont parties pour cela sous des habits religieux, pour exé- » cuter ce dessein.... Le parlement remis et cent hommes dans le Château- » Trompette, ma présence ne sera plus nécessaire icy, ce qui m'oblige à » supplier V. E. de m'accorder mon conget.... » Dans une lettre du 29 novembre, d'Estrades dit qu'il ne peut « assez exprimer la joye qu'a apporté le restablissement du parlement dans ceste ville », et il rappelle au Cardinal que, suivant sa promesse, Delas doit commander dans le Château-Trompette, dès que cette forteresse sera achevée.... Enfin, une lettre du 1er décembre contient cette nouvelle qui dut être bien agréable à Mazarin : « Je fis mettre » dès hier huit pièces de canon en batterie dans le Château-Trompette, et » les cent hommes y sont establis. »

(1) Bibliothèque nationale, fonds français, nº 11633.

(2) On lit dans la *Chronique bourdeloise* (p. 78) : « Le 28 (juillet), on chanta » un *Te Deum* dans l'église Saint-André, pour la prise de Landrecy en » Flandres, Capdequiers et Castillon en Catalogne. » Turenne s'était rendu maître par composition de la ville de Landrecies le 14 juillet.

remettrai à celle que j'escris à M le Tellier de l'estat de la Province, sur quoy j'attandrai ses ordres. Cependant je travaille à rompre diverses caballes qui s'estoient faites à mestre des jurats qui ne me semblent pas fort seurs ni affectionnés au service du Roy. L'élection s'en doit faire le deusiesme d'aoust [1] et j'ay prins mes mesures en sortte que je puis asseurer V. E. qu'il n'y entrera personne dans la jurade qui ne soit dans ses intérêts et bon serviteur du Roy.

Il estoit nécessaire que je fusse présent pour dissiper toutes les factions qui s'estoient formées sur ce sujet, à quoy plusieurs personnes de condition ont contribué, mais je suis certain d'en venir à bout et que toute la bourgeoisie agira selon mes sentimens.

Je supplie très humblement V. E. me faire l'honneur de croire que je suis très véritablement,

Monseigneur, de V. E.

le très humble, très obéissant et très fidelle serviteur.

D'ESTRADES [2].

(1) « Le premier aoust 1655, » selon la *Chronique bourdeloise*, « furent » éleus jurats Messieurs de Pomarède, escuyer; Labellie, advocat et citoyen, » et Lafon, bourgeois. » Le 3 août (et non le 3 juillet, comme d'Estrades l'a écrit par inadvertance), le maire de Bordeaux rendait ainsi compte à Mazarin de l'élection de l'avant-veille : « Les juratz ont esté esleus avec la » satisfaction de tous les bourgeois, et ce sont des gens de bien et bons » serviteurs du Roy. » Dans cette même lettre, d'Estrades promettait au Cardinal de tout faire pour être agréable, en Catalogne, au prince de Conti, et, selon ses propres expressions, d'employer ses soins et sa vie « pour contribuer à sa gloire ». N'oublions pas que, depuis le 22 février 1654, le prince de Conti était devenu le neveu par alliance du cardinal Mazarin. Déjà, le 16 juillet 1655, d'Estrades avait fait savoir à l'oncle de Marie Martinozzi que le prince de Conti lui avait écrit « une lettre pleine d'affection, et comme ne croyant plus toutes les choses qu'on lui avait dit de moy », ajoutant que, pour sa part, il tâcherait de régler ses actions, « en sorte qu'il aura sujet d'en estre satisfaict. »

(2) D'Estrades ne tarda pas à quitter Bordeaux, car le 2 août 1655 il écrivait à M de Sansac-Saint-Romain, maréchal de camp : « S. E. m'a » envoyé un courrier exprès pour me presser d'aller en Catalogne, et il faut » que je parte le dixiesme de ce mois, pour estre, à la fin, à Narbonne. Je » ferai porter mes hardes chez ma mère. Vous donnerez ordre qu'on les » prenne en passant, lorsque nostre esquipage passera. »

APPENDICE

I

Lettre du comte d'Estrades à Du Puy (1).

MONSIEUR,

Je m'asseure que vous avez assez bonne opinion de moy pour croire que je m'opposerai fortement au dessein de Monsieur vostre neveu. Les obligations que j'avois à feu M. Du Puy (2) me sont si présentes, que j'embrasserai avec joye toutes les occasions de servir Monsieur son fils. Ne vous en mettez pas en peine. Je l'ay envoyé chercher à Furne et le tiendray auprès de moy et en aurai le mesme soing que s'il estoit mon enfant. Je vous prie d'agréer que j'asseure Monsieur vostre frère (3) de mon très humble service et croire que je suis et serai toute ma vie,

Monsieur,

vostre très humble et très obéissant serviteur,

D'ESTRADES.

A Dunkerque ce premier juing 1649.

(1) Bibliothèque nationale, collection Du Puy, vol. 803, p. 295. La lettre est écrite à Pierre Du Puy, né, comme d'Estrades, à Agen.

(2) Ce M. Du Puy était un frère du célèbre historien. Il est impossible de croire qu'il s'agisse là du père de MM. Du Puy, car ce conseiller au parlement de Paris était mort dès le 1er décembre 1594.

(3) Jacques Du Puy, prieur de Saint-Sauveur, qui ne se sépara jamais de son frère Pierre, qui fut son digne collaborateur, et qui, comme lui, fut garde de la Bibliothèque du roi.

II

Lettre du comte d'Estrades à Hugues de Lionne [1].

MONSIEUR,

Je n'ay pas trouvé à me consoler dans la lettre du Roy [2] de ce que j'ay veu dans celle de M. de Brienne le père. Je vous advoue que cela m'a fortement touché, et que me sentant aussi zélé que je le suis pour le service, j'attendois que ma conduite fust expliquée plus favorablement qu'elle n'a esté, et que les bruits que j'apprends qui en ont couru à la Cour me deussent estre plus advantageux. Cela fait que je ne puis m'empescher encor à présent de l'examiner avec vous sans prétendre par là former aucune plainte qui m'esloigne de la soumission que je dois à tous les sentimens de S. M.

Il me paroist que l'on trouve deux choses à redire dans la conduite de cette affaire, l'une que le Roy d'Angleterre s'en soit meslé parce que par là il a voulu comme mettre les deux Roys dans l'égalité; l'autre, que j'aye déféré à la prière que ce Roy m'a faite de ne pas assister aux cérémonies des Ambassadeurs, et que quand j'en aurois reçeu des ordres exprès, je devois refuser d'y obéir, et me porter plustost à sortir de la Cour.

(1) Bibliothèque nationale, fonds français, vol. 10209, p. 78. Le document est précédé de ces mots : *Copie de lettre de M. le comte d'Estrades à M. de Lionne, du 22 août 1661, sur l'affaire des Vénitiens.*

(2) Voir cette lettre, datée de Fontainebleau, le 13 août 1661, dans le Recueil de Marchand (t. I, p. 178). En voici le début : « Monsieur d'Estrades, j'ai reçu vos deux lettres du 1er et 4 du courant. J'avoue qu'après ce » que vous m'avez mandé par vos précédentes sur le sujet des ambassadeurs » extraordinaires de Venise dans Londres, et sur les préparatifs que vous » faisiez pour maintenir en cette rencontre-là les prérogatives dûes à ma » couronne par dessus toutes les autres, il ne m'avoit pu tomber dans » l'esprit que cette affaire-là se dût passer et finir comme j'apprends qu'elle » a fait. »

Il semble, Monsieur, que de la manière qu'on appuye sur ceste raison, l'on a creu que ceste prière a esté la seule cause que je n'ay pas assisté à la cérémonie, et qu'ainsi je n'ai pas maintenu le droit de prééminence deub au Roy, et si vous voulez prendre la peine de vous souvenir du fait, vous trouverez que ce n'est pas cela qui l'a empesché, car quand le Roy d'Angleterre ne seroit pas intervenu, je n'y aurois pas esté, et la raison, c'est que les Vénitiens n'en prièrent personne, ou bien il auroit fallu que j'eusse fait une chose en ce rencontre qui ne se pratiqua jamais, de rendre de l'honneur à des gens contre leur gré, et qui ne font aucune civilité, comme est celle qui a accoustumé de se pratiquer par la notification de l'entrée et de l'audience; en ce cas, je n'aurois pas eu grande peine à soustenir ce droit de prééminence, puisque j'y aurois esté tout seul, et que personne ne me l'eust contesté.

Que si la notification avoit esté faite, c'est en ce rencontre que j'advoue que j'aurois manqué à mon devoir, de ne m'estre pas plaint de la prière du Roy d'Angleterre qui seule auroit causé tout l'empeschement, de n'avoir pas travaillé à la faire révoquer, et de n'avoir pas refusé d'y obéir en cas que je n'eusse peu rien obtenir. Encore ne sçai-je si m'ayant allégué des raisons de son intérest et de son service, qui auroient regardé le repos du peuple de Londres, qu'il appréhendoit d'esmouvoir par l'exemple de ceste contestation dans la conjonction présente du mescontentement des Presbytériens, il n'auroit point esté de la prudence d'un ministre d'un Prince allié, de ne se pas porter à l'extrémité de sortir de sa Cour.

A l'esgard de Vatteville, je croy que l'on ne peut pas respondre plus formellement que j'ay fait, et j'estois si bien en desfiance, comme vous avez veu, que ce ne fust un piège qu'il me tendit pour esviter la concurrence, que je tins tous mes gens prêts pendant tout le lendemain jour de la cérémonie, pour voir s'il n'auroit point obligé les Vénitiens d'attendre à l'extrémité d'envoyer notifier leur arrivée, afin de me surprendre. Cela, ce me semble, ne se peut pas appeler entrer en négociation.

Je vous demande, Monsieur, après cela, en quoy j'ay failly, et si un cas pareil arrivoit, ce que je devrois faire de mieux pour esviter le blasme que me donne M. de Brienne, d'avoir comme abandonné la possession d'un droit qu'il me conseille de reprendre à la première occasion, ce sont ses termes. Je me conformeray pour cela aux ordres que j'attends de S. M. et à vos advis, et ne feray nulle plainte icy du passé, ainsy que le Roy me l'ordonne [1]; mais je me prépareray dans la première occasion à porter l'affaire d'une si grande hauteur, que je suis trompé si les plus sévères trouvent quelque chose à me reprocher.

[1] Voici les paroles de Louis XIV (*Ibidem*, p. 180) : « Je ne désire pas » que vous en fassiez présentement aucune plainte formelle, mais bien que » vous vous mettiez en état de réparer à la première occasion le préjudice » qu'on m'a voulu faire en celle-ci, sur quoi j'aurai le loisir de vous faire » savoir plus particulièrement mes intentions. »

Bordeaux. — Imp. G. Gounouilhou, rue Guiraude, 11

www.ingramcontent.com/pod-product-compliance
Ingram Content Group UK Ltd.
Pitfield, Milton Keynes, MK11 3LW, UK
UKHW020928180726
13838UKWH00002B/821

9 782329 565811